随筆 万葉集

一 万葉の女性と恋の歌

中西 進 編

作品社

今よみがえる名エッセーにそえて

中西　進

「随筆　万葉集」がいまふたたび読者の机辺にとどくことを、わたしは心からうれしく思う。

理由は二つある。一つは『万葉集』が千年以上昔の古典であるにもかかわらず、誰もが苦労せずに読め、自由に感想をのべることのできる書物だからだ。こんな古典のあることは、世界でも珍しい宝物ではないだろうか。

二つめに、二十二名の筆者の何という豪華な、しかも長い歴史にわたる名文章家ぞろいであることか。誰でも驚くにちがいないだろう。

そこで提案がある。読み終えた皆さんは、同じ程の長さの万葉エッセーを書いて、最後のページにそっと折り込んでおくのは、どうだろう。あなたは名文章家たちに十分肩を並べるエッセイストになるはずである。

随筆　万葉集㈠　万葉の女性と恋の歌

——目次——

随筆　万葉集㈠

万葉の女性と恋の歌

雲流るる空に

入江泰吉

風景が「心の情景」として通じあうまで、私は立ちつくし、移りゆく刻の流れに身をゆだねて、ひたすら待つ。

すすきが明日香風にそよぐ、目の前のたたずまいは、秋の獲りいれの終った、どこにでも見うけられる田園風景にすぎない。それでも、なお明日香の里は私をひきよせる。

大和の国中、香久山を南に、かむなび山の西の彼方に二上山を見る飛鳥は、まだ古代の咒力を秘めている。

わが背子が古家の里の明日香には　千鳥鳴くなり　妻待ちかねて　（巻三―二六八）

――長屋王――

古代の旅は国境で他郷へ入るとき、その土地の神に幣をささげて旅の安全を願うのを常とした。先きの歌は「大行天皇、吉野の宮に幸《みゆき》しし時の歌」とあり、それにつづく歌である。万葉の歌人の中で、とりわけ有間皇子、大津皇子の歌は、その悲運の生涯とあいまって、いっそうの哀切をさそう。天平の長屋王もまた、政争の渦の中で自ら生命を断つ。光明子立后にからむ政《まつりごと》の裏面は凡人には、うかがうすべもない。長屋王の変は「私《ひそ》かに左道を学び国家を傾けむとす」と数行をしるすだけである。天武天皇の孫であるという宿命でもあろうか、妃の吉備内親王、その子膳王ら、もろもろの皇子たちが父・長屋王のあとを追って黄泉の国へと旅だつ。

巨勢路の椿を求めて早春の巨勢寺跡まで、足をのばしたことがある。いまもヤブツバキの生垣が村のあちこちに見られる。

巨勢山の　つらつら椿　つらつらに　見つつ偲はな　巨勢の春野を

坂門人足の歌が耳に心地よくひびく。人足は文武天皇、持統天皇の「牟婁の湯」への行幸に供奉して、巨勢谷を通ったのであろう。大宝九年（七〇一）九月のことであるから、まだ椿の季節ではない。

河上の　別々椿《つらつら》　つらつらに　見れどもあかず　巨勢の春野は　（巻一―五六）

春日蔵人老の歌が人足の脳裏にあっての歌である。

万葉歌の中に椿花を詠んだ歌が九首あってその大半が春をことほぶ、この花を讃美した叙景歌である。万葉の草花を求めて随分と山野に足をのばしたが「どの花が……」と問われると、私はやはり好みの第一に椿花をあげたい。

大和路の中でも、最も早くひらかれた〝山の辺の道〟の起点、三輪山の麓の桜井市金屋は、かつて「市」のあったところ、海石榴市（つばいち）の名のおこりも、その辺りが椿が点々と咲く並木道であったからであろう。このあたり華やいだ古代歌垣の場である。

東大寺二月堂の〝お水取り〟正しくは十一面悔過法を修める「修二会」には、行法中、本尊宝前に紅白一枚がわりの珍しい生花の椿が献じられる。籠りの僧は、まだ寒い僧房で草木染めの和紙を用いて造花をつくり生木の枝に取りつける。

東大寺の境内といってもいい「水門」のいまの陋屋に移り住んだのは戦後間もない二十四年の春、いつの間にか三十三年の歳月が流れていった。好みのままに折りにふれ花屋や植木市などで苗木を集めているうちに、さして広くもない庭を椿三十余種が占有している。

あしびきの　八峯の都婆喜《つばき》　つらつらに　見としも飽かめや　植ゑてける君

天平勝宝九年（七五七）任を終えて都へ帰ってきた大伴家持は大原真人今城のもよおす宴で椿を詠んでいる。大原今城の庭には、八峯の椿があったのだろう。

秋されば　春日の山の　黄葉《もみち》見る　奈良の都の　荒るらく惜しも　（巻八―一六〇四）

大宮人が朝に夕に眺め親しんだ春日の山、この歌は恭仁京遷都ののちの都の荒廃をいたんだものであろう。飛ぶ鳥の明日香から藤原、さらには平城京も人びとの視界から消え失せていく。雲流るる明日香の夕景――。古代幻想の抒情にひたるのは、ひとり私の感傷であろうか。

布留の社

上田正昭

石上《いそのかみ》布留の神杉神さびて恋をも我は更にするかも

万葉集に歌われる布留《ふる》の清流を渡って右手にのぼると、もうそこは石上神宮の神秘の森である。万葉人は、その神杉に神の威霊を感得し、その瑞垣《みずがき》に神のよそおいをみた。柿本人麻呂の歌に〝処《を》女《とめ》らが袖《そで》布留山の瑞垣の久しき時ゆ思ひきわれは〟というのがある。この歌では、処女《おとめ》の袖振ることと、布留の山の布留とがかけられているけれども、人麻呂の歌う〝布留山の瑞垣〟といういういしい表現には、この社のいにし日のたたずまいが見事によみこまれている。

実際に神杉の森自体が神霊の鎮まる聖地なのであり、瑞垣に囲まれた神域は神が降臨した禁足地であった。本殿のない社。その古き姿は、ここ布留の社にも見出すことができる。現在の本殿は、大正二年の建立であって、明治十一年拝殿の後方にあたる禁足地に仮本殿ができるまでは、人々はその瑞垣のなかに神を拝《おが》んだのである。

万葉集にみえる布留の社の歌には、恋の歌が多い。冒頭にかかげた歌にしても、またさきの人麻呂の歌にしてもそうである。石上の神杉や瑞垣には、人恋し、人懐し、そうした想いをつのらせる不思議な力が秘められていた。それもそのはずである。この霊地は鎮魂の森であった。わたくしなどは、古くから布留御魂の社とよばれてきたフルの語源は、ミタマフリ（鎮魂）にゆかりのあることばと考えている。この社の古伝に、崇神天皇の頃のできごととして、瑞宝を石上に遷し鎮《しず》めたとあるのも、タマシズメの社の面影を反映した伝承であろう。鎮魂の森の伝承は、八〇四年（延暦二三）に、石上の神宝を京都へ遷そうとしたおりの神異にもうかがうことができる。結局、神のたたりがあって、神宝は布留の社へ返されることになるのだが、そのさい巫女による鎮魂の儀がとり行なわれている。そうした伝えは、形をかえ姿を変じて、現在の特殊神事としての鎮魂祭にうけつがれているといってよいのではないか。布留の森に、そしてその流れに寄せた万葉人の恋の想いは、魂乞いに甦る古代人のこころであった。

日本書紀の垂仁天皇の条には、五十瓊敷《いにしきの》命《みこと》がたくさんの剣をおさめたことがみえているが、この記述には三輪山を中心とする四世紀の三輪王権にとって、石上の地が兵庫でもあったことを物語る説話である。剣を神格化した神の名を布都《ふつ》御魂大神とたたえているのも、想えばいわれの深いことであった。

この社の神宝のなかで、もっとも有名なのは七支刀《ななさやのたち》である。この霊妙の剣は、金象嵌《きんぞうがん》の銘文によってその由来を知ることができる。剥落があって、その解読にはさまざまな説があるが、そのおよそはつぎの通りである。すなわち泰和四年に造られたものであり、敵の兵力をことごとくにしりぞける霊刀であることや、百済《くだら》王（近肖古王）の世子（のちの近仇首王）が倭《わ》王のために作刀したものであって、長く後世にまで伝えてほしいという願いがきざまれている。

泰和とは当時の中国（東晋）の年号で、西暦三六九年にあたる。中国と交渉のあった朝鮮半島南西部の百済は、中国と結びつつ他方倭の王にも通交を求めていた。古代日朝関係の貴重な資料である。三六九年といえば、百済が朝鮮半島北部の高句麗《こうくり》にたいして北進を断行した年である。日本書紀の所伝では、その三年ばかり後にこの刀がわが国土にもたらされたという。その年次はともかくとして、四世紀の王朝を考える上での重要な遺品であることにかわりはない。

日本古代史の上で、四世紀は謎の世紀とよばれている。三輪山の北方石上神宮のあたりには、その謎をときあかす鍵のひとつがかくされている。それは古代信仰の宝庫であり、大和朝廷の全貌をつきとめるひとすじの道となる。七支刀の銘文をしみじみとみつめる人々のこころには、幻想の四世紀が、しだいに実感の王朝絵巻となってよみがえってくる。金象嵌の剥落は故意か偶然か。そこにもひとつの謎が渦巻く。七つ枝の意味する刀の異形は、霊力の象徴でもあろうが、それはまことに鎮魂の森にふさわしい神宝であった。

一部平安時代の手法を伝え、細部は鎌倉時代のものである拝殿や鎌倉末期の建造になる楼門。もと永久寺（廃寺）の鎮守にあって、大正三年移建された摂社出雲建雄神社の割拝殿《わりはいでん》。それらには鎌倉の作風がとどめられていて、神域にのこる歴史の襞《ひだ》となっている。

石上布留の早稲田のほにには出でず心の中に恋ふるこのごろ

万葉人ならずとも、神さびた布留の景観にはあらたなこころのうずきとときめきを感ぜしめずにはおかないひびきがある。その神秘の調べが、人々を古代の布留へといざなってゆく。

山の辺の道

山本太郎

その日、大和盆地の上空をおおう雲は、春告鳥の翅色にも似て、一種不吉なイエロー・グリーンだった。

「うらうらに照れる春日」と家持がよんだヒバリの季節もまぢかいというのに、はるかにかすむ二上山も金剛の山稜にも雪の気配がただよっていた。

僕はオーヴァーの襟をたて、ポケットハンドですこし前かがみになりながら山の辺の道を歩いていた。

狭井川のチョロチョロ小川がかすかに鳴って、このあたりのくさむらにも、斑鳩の里にはびこりはじめたあのブタクサ（hoogweed）、夏から秋へかけて黄巾の賊の如く出没する毒草が、すでにその長身をひそめているかのようであった。

ここからは周知の如く大和三山が、横つらねで、ほとんど等間隔に見える。

香具山は　畝火ををしと　耳成と　あひあらそひき　神代より　かくなるならし　いにしへも　然なれこそ　うつせみも　妻を　あらそふらしき

反歌

香具山と耳成山とあひし時立ちて見にこし印南国原

中大兄皇子のこの歌はあまりに有名だが、僕の感覚は、これを額田女王と大海人との三角関係ととることを、はっきり拒絶していた。播磨国風土記の伝説をふまえた反歌の、山同志の妻問いと解するほうが、よほどこの自然にふさわしい、と思った。

中大兄は大海人とともに斉明女帝の指揮する水軍の中枢にいたことはたしかだろうし、国をあげての百済救援の大派兵に、額田女王も加わっていたであろう。

熟田津に船乗りせむと月待てば潮もかなひぬ今はこぎ出でな

日本書紀では軍団が熟田津、現在の松山市あたりに着いたのは一月一四日で、道後温泉に行宮ももうけられたと書いてある。この歌を女帝の作とする説もあると聞くが、歌の背後に外征軍のスケールと、大自然の運行のたしかさを織りこんだ詩想の大きさは、他の詩作からもじゅうぶん推察される額田女王の才質にこそ似つかわしい。

五七五の素直で、しかも強い描写を、七七へせりあげてゆく呼吸の奔放と細心。「かなひぬ」と助詞「な」でゆりもどされる歌全体の内面微動――これらは、その後天智帝にしたがって近江へ移るとき、この山の辺の道を通りながらよんだ「味酒《うまざけ》の三輪の山」の歌と、巫女の祈りめいた口調においてどこか共通している。

いま僕の立っているところから三輪山は雲にかくれて見えないし、歩をうつし崇神陵の辺りにさしかかった時は、すでに風景は霏々たる雪に変っていた。とても春の淡雪などというものではない。龍王山も穴師の山も巻向山もしかとはわからぬ。崇神、景行の陵をおおう松林も緑に白のカスリ模様で、長岳寺の裏の竹藪も、野の仏も純白の傘をかぶっている。塘池はホワイト・グレー。水門はぶよぶよに腐った鯉の屍の吹きだまり。

　三輪をしかも隠すか雲だにもこころあらなも隠さふべしや

「味酒」の歌の反歌をよむ額田女王の心には、大和を鎮める三輪山の神「大物主」のたたりを祓うおののきもあったろう。単に住みなれた飛鳥古京を去てるものの感傷的な歌声ではない。

僕には水軍の前途をいわばことほぎ祈ったこの女性、そして白村江の敗戦の処理として近江へ都を移す際に、山の神のたたりを祓った額田女王の、歌にこもる古代性こそむしろ魅力で、そうした貌にくらべれば、それが仮りに宴席での応答歌であるにせよ、あの「あかねさす紫野行き……」に仄見する男女の翳りは、ちかごろ余り面白くないものに想えてきているのだ。

山の辺の道をゆくとき、殊にそうした気持にとらわれるのかも知れないが、考えてみればいま僕は、春のことぶれとしては少し激しすぎる雪のなかで、ずいぶん血腥い歴史を遡行しているともいえるだろう。

白村江の敗戦以後、中大兄がめざした国内体制の冷酷なまでの備えには、山科に本拠を持つ中臣氏、特に鎌足、不比等親子の権謀術策も浮彫りにされるし、中大兄と大海人の微笑と鬼面の虚々実実。大海人挙兵、大友皇子の死（壬申の乱）につづく大津皇子の悲劇等々。有間皇子や聖徳太子の子孫の抹殺にはじまる政権与奪の流血が、みはるかす大和盆地からいっきょににおいたち、とてもとても「味酒の　三輪の山　あをによし　奈良の山の　山の際《ま》に」などという気分にはなれなかった。むしろ、それにつづく「い隠るまで　道の隈　い積るまでに　つばらにも　見つつ行かむを」という心境である。

この道を海石榴市の方へたどってゆくと初瀬川の小さい谷あいに出る。いわゆる「隠口」である。枕詞だが、古代の埋葬の地でもあったその辺りは、政争の舞台から離れ、ひなびた田園で、いかにもコモリクという語感がぴったりの場所である。

僕は雄略天皇の歌として巻一にのっている隠口の歌の、人間味ゆたかな、どこかおっとりしたリズムが実に好きだ。

籠《こ》もよ　み籠持ち　ふくしもよ　みふくし持ち　この岡に　菜採《つ》ます児　家聞かな　名告《の》らさ
ねそらみつ　大和の国は　おしなべて　われこそ居れ　しきなべて　われこそいませ　われこ

そは告らめ　家をも名をも

季節はやはり春である。若菜をつむ乙女に想いのたけをのべる言葉の、いささか芝居がかった調子には、民謡と言ってもいい庶民性があり、庶民とわけへだてのなかった古代大和の覇王の、気取りのない率直さが伝わってきて、心たのしいし、歌垣の所作なども連想出来る。

霏々と降りしきる雪も、さすがに春である。雲の層はいがいと薄く、葛城山頂にはミズアサギの空がのぞき、オレンジの光の矢が大和三山を照していた。キラキラ光るのはビニール栽培の温床であろう。

山の辺の道は、その後もすでにいくどか散策したが、近頃では、妙な道標や文化人の下手な歌などがところどころに立っていて、しだいに興ざめた姿に変ってゆくようだ。こうした余計なハカライが歴史のにおいを消してしまう。山の辺の道も社会科の遊歩道になったらおしまいである。野の仏を持ちさる不心得ものが黄巾の賊にまけずおとらず出没するのも、ブレーキのきかなくなった世相の反映だろう。いまさら血腥い歴史の風がかよう細道がなつかしいのは奇妙な話だが、まだしも額田女王の歌などくちずさみ、色とりどりの衣をひるがえして往来した采女や舎人の姿をしのびつつ歩く、かぼそい「彼方」への筋道であってほしいものだと、つくづく考えこんでしまう。拙詩一篇蛇足につづり、小文の筆をおくとしよう。

山辺の道——長岳寺あたり——

山の辺の石の仏は
道のしるべか
これよりさき幽冥界と
拈華微笑をきざんで去った
乱世の僧の
想いの深さ　その苦さ

逆風のなかを
きしんで歩いてきたので
ぼくはたぶん　こげくさい
トビが舞うと
空は澄むというが
渦のめまいに染めあげられて
ぼくはおそらく盲縞だ

on abira

abira unken
abira unken sowaka

露坐の仏は疲れてもう
土にかえろうとしている
尼に化けた梅樹が
残んの香をくゆらせ
言葉を断てという

あなたとならば
枕をならべて討死したい
とこたえると
回廊のむこうで
枝の折れる音がした

鰓をなびかせ大輪の花が
いくつも林泉を泳いでゆく

山門をでればすなはち風
道づれはなまぐさい春の風

ままよ灰さす紫と
におう娘に痴れはてて
全体が足跡であるからには
もう唄うさえ
あんまりものういのだ

山の辺の石の弥勒は
童唄をうとうてござる
いまも無明をながめてござる
からくりの糸の繊さよ
消えかかるほどに
誘いやまぬ
道の妖しさ

反歌

首ひとつのせてかなしい生仏

高円の野の上の宮

堀内民一

高円山は原始林の春日山とはいい対照の山で、添上郡東市村白毫寺《ビャクゴウジ》（奈良市白毫寺）の東方に見えるから、土地では白毫寺山とも呼んでいる。桜の美しかった昔の聯隊（奈良学芸大学）の前を通り、能登川の辺に来ると、万葉の大宮人らが、桜をかざして逍遥した高円野辺、鹿野《ロクヤ》苑《オン》の台地の邑落をめぐって、ひらかれた田畑の、自然形相が今も割合のどかだ。むかしは、奥の山地から木材や薪炭などを運ぶ小さな索道があって、その小さな鉄柱がひょっこり高円山の中腹あたりから、奈良の町はずれ迄つづいていた。これはあの山原をこえて奥の田原、小倉あたりまで行くのである。

新薬師寺の十二神将を見て、そこの山門を出たところに小さく祀られている鏡神社の境内から、高円山を眺めた。小野とも言うべき傾斜地を含めた高円山は美しかった。十二神将を見た目には、この山が親しみを覚えるのは、奈良末期の彫刻と歌との関係からくるものだろうか。

1630　高円の野辺のかほ花。面影に見えつつ、妹は忘れかねつも（巻八）

高円野の清遊を思わせる佳作である。高円野は高円山麓の地で、西麓の緩な斜面をひろく含んでいる。万葉集では、春日野、高円野にのみ、「登」の文字を使っている。

天平勝宝五年八月十二日、二三大夫等各提壺酒、登高円野聊述所心作歌三首（巻二十）

山部宿禰赤人登春日野作歌一首并短歌（巻三）

これについて、『古義』は、「登高円野とある野は山上の野なり、この故に登とは云るなり」といっている。つまりこれは高円山へ登ってうたったもので、その麓の高台をも含めて、「登高円野」と書いたものだろう。

高円離宮のことを、「高円の尾の上の宮」とも、「高円の野の上の宮」ともあるから、山上の野の感じがあったからである。「高円の宮の裾曲《スソミ》の野づかさに」（巻二十ノ四三一六）などとあるから離宮の山の裾まわりの野の高みが地形として印象的だ。

高円山の頂上に立つと、山上にかけての高円野の形相がよくわかる。「高円山」の「高」は美称で、「円」は山の形相をいったのだろう。東の方は芳山の高峯が渓谷をへだてて見え、遠く伊賀、伊勢の山々が、新秋の陽射しの下に蒼波のうねりのように見え、西の方は平城の古京へ、稲葉の田園がゆたかで、そのはては摂河泉を境する葛城山系が、生駒山につらなり、青空と山のあいだの一線が白けて迥かに美しい。

じっと目を据えると、伏見菅原のあたり、喜光寺の金堂や、西の京薬師寺東塔が、はるかに小さく見える。更に迥かなるものとしては、西南方の国原に、大和三山が夢のものとして見える。風が吹いて足もとの葛の葉が一めんにそよぐ。ひるがえる葛の葉を見ているのは愉しいものである。

4295 高円の尾花吹き越す秋風に、紐とき開けな。たゞならずとも（巻二十）

4296 天雲に雁ぞ鳴くなる。高円の萩の下葉は、もみぢあへむかも（巻二十）

4297 女郎花秋萩しのぎ、さ雄鹿の露わけ鳴かむ高円の野ぞ（巻二十）

4319 高円の秋野の上の朝霧に、つま呼ぶ牡鹿出でたつらむか（巻二十）

1605 高円の野辺の秋萩。此頃の暁露に、咲きにけむかも（巻八）

1610 高円の秋の野の辺の撫子の花。うら若み、人のかざしゝ撫子の花（巻八）

2121 秋風は日《ヒ》に日《ケ》に吹きぬ。高円の野辺の秋萩、散らまく惜しも（巻八）

高円の秋の野をたのしんだ天平の歌人の自然感情が、萩、撫子、尾花、鹿という風に、こまやかな表出を組みあわせている。

寺の庭にある古い菩提樹や萩の新緑の美しい五月に、高円山を新薬師寺の山門からながめによく行ったことがあった。寺の土壇にたちならぶ十二神将の姿と、新緑匂う高円山が妙に暗合して、私の心の底でキラキラするものを感じた。十二神将の中でも、殊に迷企羅大将が示す天平終期の造型美に、近代的な理智や神経に近い感覚があり、それが大伴家持を中心とする歌壇の風にも近く、近代の憂愁にもちかいものがあると考えた。偶然の暗合かもしれぬが、家持の歌風を支えているものが、私はあの十二神将像の造型に潜んでいると思う。そういう思いがあるので、高円山をめぐる万葉びとの歌が、その山を眺めると一ばん不思議に思い出される。

所謂万葉後期の歌風が、高円離宮や野上などの矚目風景によくあらわれている。優雅感も愛情も、ほのめくがごとき悲哀感も憧憬も、それぞれ家持らの文学の血統によって、歌い上げられたものであると共に、その反面舶載の文化に対するおさえ切れない憧れよりする、異質な美を、万葉後期の芸苑に咲かせたと言ってよいだろう。万葉がその終焉に際して咲かせた華だった。やがて来るべき次代を暗示した新風が家持を中心として生れたというべきである。そういう経緯を考えるのにふさわしい風景といえば、新薬師寺の山門からながめる高円山である。文字表現と造型表現との不思議な暗合をこの見はらしで思うことが久しい。

斎宮《いつきのみや》のたどった道

白洲正子

天武《てんむ》天皇の第三皇子、大津皇子《おおつのみこ》は、幼少より学問を好み、詩歌の道に長じていた。大人になった後は武術を好み、性格も自由奔放で、文武両道に達した美丈夫であったから、世間の人気は、ひ弱な皇太子、草壁皇子《くさかべのみこ》を凌駕《りょうが》していた。それが仇《あだ》となって、天武天皇が崩ずると、ひと月もたたぬ中に謀反《むほん》の罪に問われ、譯語田《おさだ》の舎《いえ》において、死刑に処せられた。朱鳥《しゅちょう》元年（六八六）十月三日、二十四歳であった。

　大津皇子、被死《みまか》らしめらゆる時、磐余《いはれ》の池の陂《つつみ》にして涕《なみだ》を流して作りましし御歌一首

ももづたふ磐余の池に鳴く鴨《かも》を今日《けふ》のみ見てや雲隠りなむ（巻三・四一六）

　磐余の池は今も桜井市の町はずれの田圃《たんぼ》の中に残っているが、水の面にただよう鴨の群れは、大津の皇子にはそのまま自分自身の姿のように映ったに違いない。皇子の悲しみも、怒りも、恨みも、寂しさも、すべてこの三十一文字に籠《こ》められているような感じがして、千三百年を経た今日でも、

悲痛な鴨の鳴き声を聞く思いがする。

それより少し前、不吉な運命を予感した皇子は、伊勢に同母姉の大伯《おおく》（大来）皇女《のひめみこ》を訪ねた。彼女は天武二年（六七五）、十五歳で伊勢の斎宮に任ぜられ、聖なる巫女《みこ》として大神宮に奉仕していたが、おそらく皇子は今生《こんじょう》の暇乞《いとまご》いのためにおとずれたのであろう。倭建命《やまとたけるのみこと》が、姨《おば》の倭姫命《やまとひめのみこと》に助けを求めたように、身に危険がせまった時は、祖先の神霊にすがって、強力な魂を身につけようとしたことは、それまでにも見られた例である。非力な斎宮には、神に祈ることしかできなかったであろうが、その時詠《よ》んだ二首の歌は、弟の身の上を憶《おも》う真情にあふれている。

わが背子を大和へ遣《や》るとさ夜深《ふ》けて暁露《あかときつゆ》にわが立ち濡れし（巻二・一〇五）

二人行けど行き過ぎ難き秋山をいかにか君が独《ひと》り越ゆらむ（同・一〇六）

その昔の伊勢街道を、私は十年ほど前に歩いたことがある。現在は「本伊勢街道」と呼ばれているが、古代の道は、目的地を目ざして、真直ぐ尾根を伝って行くのが常であったから、想像を絶する嶮路《けんろ》であった。初瀬から榛原《はいばら》、高井まではよかったが、菅野、神末《こうすえ》、御杖《みつえ》の村々を経て、伊勢の多気《たき》郡へ至る間には、いくつも険しい峠を上ったり下ったりする。折しも秋の末のことで、紅葉にいろどられた深山幽谷は、血を吐く思いで別れて行った皇子の姿を彷彿《ほうふつ》とさせた。ついでのことにいっておくと、今書いた御杖《みつえ》という村には、御杖神社があり、斎宮がみそぎをするにふさわしい宮川という清らかな小川が流れている。御杖、または御杖代《みつえしろ》というのは斎宮の古名で、天照大神《あまてらすおおみかみ》の杖（ささえ）となって、諸国を巡幸する意味である。そして、大伯皇女は、「斎宮」と呼ばれた最初の御杖代であったのだ。

斎宮は、イツキノミヤと訓むのが正しく、後には斎王（イツキノキミ）と称される場合もあった。天皇の代が替わる度に、未婚の皇女の一人が卜定《ぼくじょう》（占いによって定める）され、三年の間、野の宮において精進潔斎《しょうじんけつさい》した後、伊勢へおもむいた。一番はじめの御杖代は、先に記した倭姫命で、その野の宮は初瀬の化粧坂《けわいざか》にあったといわれている。今、長谷寺《はせでら》が建っている前方の、与喜《よき》山の南麓のあたりである。

　こもりくの泊瀬小国《はつせをぐに》に妻しあれば石は履《ふ》めどもなほし来にけり（巻十三・三三一一　柿本人麻呂集）

万葉集には、このほかにも、「こもりくの泊瀬の川」、「こもりくの泊瀬の山」といったような歌があって、こもりくという枕詞は、泊瀬にはつきものであった。こもりくは、隠国と書くが、文字どおり山にかこまれた秘境ということで、泊瀬にも、瀬の泊《は》つるところ、どんづまりの国といった意味合いがあり、初瀬、長谷などと書くようになったのは後のことである。その陰憂なイメージは墓場を思わせるが、御陵や古墳は初瀬には殆《ほとん》どなく、こもりくの本来の意味は、神が籠《こも》る別天地と解されていたのであろう。そういう神聖な土地だから、斎宮の野の宮に選ばれたのだと思う。

長谷寺の裏から初瀬川にそって、北へ溯《さかのぼ》ったところに小夫《おうぶ》という村がある。そこには斎宮山というのがあり、麓の天神社《てんじんしゃ》には、天照大神と並んで大伯皇女が祀《まつ》ってある。初瀬川もこの辺まで来ると、ささやかな小川となり、ここにも「化粧橋」という橋がかかっている。こちらの方はケワイではなく、ケショウと呼んでいるが、今のお化粧とは少し違って、みそぎを行うことによって、何か別のものに変身する、神格を得る、という意味を持っていた。してみると、小夫の天神社は、大伯皇女の野の宮の跡であったかも知れない。野の宮は一時的な仮《か》りの宮であるから、最初の中は一定しなかったと思うが、初瀬川の源流であること、化粧橋が伝承されていること、また斎宮山があることを考えても、大伯皇女と密接な関係にあったことは疑えない。

大津皇子薨《かむあが》りましし後、大来皇女伊勢の斎宮《いつきのみや》より京《みやこ》に上る時の御作歌《みうた》二首
神風《かむかぜ》の伊勢の国にもあらましをなにしか来けむ君もあらなくに（巻二・一六三）
見まく欲《ほ》りわがする君もあらなくになにしか来けむ馬疲らしに（同・一六四）

大伯皇女が飛鳥の京へ帰ったのは、朱鳥元年十一月十六日のことで、先に詠んだ二首の歌とは、ほぼ一ヶ月のへだたりしかない。その間に事情は一変していた。弟の皇子は既に亡く、「神風の伊勢の国にもあらましを」と願っても、罪びとの姉が斎宮に止どまることを許された筈《はず》もなく、半ば虜囚《りよしゆう》のような形で連れ戻されたに違いない。「何しか来けむ」と二度も詠んだところに、天を仰いで悔し涙にかきくれた皇女の姿が偲ばれる。大津皇子の遺体が二上山《ふたかみやま》に葬られたのは、それから少

し後のことで、罪人であるから葬儀も簡単に行われたであろう。

大津皇子の屍《しかばね》を葛城《かつらぎ》の二上山《ふたかみやま》に移し葬《はふ》る時、大伯皇女の哀しび傷《いた》む御作歌《みうた》二首

うつそみの人にあるわれや明日よりは二上山を弟世《いろせ》とわが見む（巻二・一六五）

磯の上に生《お》ふる馬酔木《あしび》を手折らめど見すべき君がありと言はなくに（同・一六六）

うつそみは、現身ではなくて、現世のことだと、岩波古典全書には断ってある。また、弟世にはふつう兄の字を用いるが、同母兄弟、または愛する兄弟の意で、夫や恋人を表す場合もあった。一首の意味は、この世に住んでいる私は、弟とはもはや幽明を異にするから、明日からは二上山をいとしい弟と思って眺めるだろう、というので、前の四首とは違って、沈んだ落着きが現れている。それだけにいっそう哀れな歌のように思われる。次の一首は説明を要さないが、あしびは春に咲く花だから、十一月では季節が合わない。葬儀は簡単だったろうが、詞書《ことばがき》に「移し葬る」とあるのは、一旦どこかへ仮埋葬した後、改めて二上山へ葬ったのかも知れない。

二上山には雄岳と雌岳があって、大和平野から眺めると、その真ん中に日が落ちる。ために古くから、神山として崇《あが》められていた。「二上山を弟世とわが見む」という歌詞の裏には、そういう意味も籠められていたと思う。私が大津皇子の墓に詣でたのは、今から四、五十年も前のことで、当《たい》麻寺《までら》へお参りした時、つき当たりの垣根のところに、「大津皇子の墓これより十八町」と立札に記

してあった。私はついふらふらと一人で登ってしまい、頂上にあるお墓に参詣したが、そこからは三輪山や大和三山がよく見えたように記憶している。ところどころ道の崩れた場所もあり、十八町（約二キロ）より遠かったような気がするが、若かったので恐いとも険しいとも感じなかった。その思い出がなつかしくて、先日登り口まで行ってみたが、立札はおろか登山道もなくなっていた。現在は当麻寺の近くの二上の山口神社から、真直ぐ登って行けば、一時間半くらいで頂上へ達する。山口の神社から眺める二上山は、平野から見るのとは違って、うっそうとした木々におおわれた不気味な山容で、後に大津皇子が怨霊となって現れたという伝説も嘘《うそ》ではなかったような心地がする。大伯皇女は、万葉集に六首の名歌を遺《のこ》したのみで、飛鳥へ帰った後、十五年ほど経て亡くなった（七〇一―四十一歳）。皇女の墓はわかっていないが、もしかすると、小夫の斎宮山がそれではないかと私はひそかに思っている。

秋山われは

岡野弘彦

万葉初期の女流歌人、額田王という人の歌には、不思議な力と新しさとがこめられていて、心をひきつけられる。

たとえば、近江の国へ下る途中、奈良山のあたりで詠んだと思われる有名な長歌がある。

うまさけ　三輪の山
あをによし　奈良の山の
山の際《ま》に　い隠《かく》るまで
道のくま　いつもるまでに
　つばらにも　見つつ行かむを
しばしばも　見さけむ山を
心なく　雲の　隠さふべしや

最初の、三輪山にひたすら呼びかけているような強い歌い出しから、最後の雲にむかって叱咤しているような歌いおさめに至るまで、この短い長歌には、短いながら一句もゆるみのない力感がしなやかにゆきわたっている。

この歌は天智天皇の御歌だという異伝もあって、歌の力強さとも合わせて考えて異伝を支持する学者もある。だが近江朝の宮廷生活の中で額田王のはたした役割を考え、この歌の歌われた時と場を想像すると、私はやはり額田王が作者として一番ふさわしいという気がしてくる。

久しく大和の飛鳥に住み馴れた人々にとって、遥か北の近江への都移りは、感情の上からはどうしてもすんなりと受け入れがたい思いがあった。まして今、天智帝をはじめとする都移りの一行が、大和平野の北を限るなだらかな奈良山越えの峠の上に立ち、遠く南にかすむ故郷に向かって最後の訣別の時を持つに至って、一行の心の底に期せずして湧きあがってきた惜別の情のはげしさは、異様な熱気をさえはらんでいた。

まだ即位の式をとっていない天智やそれに従う老臣藤原鎌足の心には、政治的な危機感すら感じ取られたかもしれない。こういう時に期待されるのは、人々の鎮まらぬ思いを深々と歌い鎮める、力ある女性の歌であった。額田王はその期待に答えて、ふるさと飛鳥びとの魂のしずめの三輪山に呼びかけ、国原をさえぎる雲を圧伏して、一行の胸の底にわだかまる思いを代弁しつつ、同時にそのわだかまりを吹き放ち、払いやる力のこもった歌をさわやかに歌いあげている。

古代の宮廷生活における女性の呪歌の働きを示していながら、天智の皇后の倭姫などの古風な呪歌よりは、より新しい形と内容を持っているところに、額田王のすぐれた才能をうかがうことができる。

冬ごもり　春さり来れば
　鳴かざりし　鳥も来鳴きぬ
　咲かざりし　花も咲けれど
　　山を茂み　入りても取らず
　草ふかみ　取りてもみず
秋山の　木の葉を見ては
　黄葉《もみつ》をば　取りてぞしのふ
　青きをば　置きてぞなげく
そこし恨めし　秋山われは

簡潔でいながら、よくゆきとどいたこの長歌は、天智天皇が鎌足に命じて「春山万花の艶と秋山千葉の彩」とをそれぞれ廷臣たちに競《きそ》わせた時、額田王がこの歌をもって判定をくだした歌だという。もう少しその場の状景を推測すれば、廷臣たちは春山方、秋山方の左右双方に分かれて、天子の前で漢詩合せあるいは対句合せの形で、春山・秋山それぞれの美しさをたたえあったのであろう。

その最後に、額田王がやまとことばをつらねたこの長歌によって、判詞をくだしたのである。近江朝のトップレディらしい晴れがましい場での役割だけに、思わず息をのむような緊張と期待とが、額田王の口から歌い出される詩の一節ごとにたかまっていった。人々の関心をぎりぎりのところまで高めておきながら、最後の幕を一気に切っておとすように、「そこし恨めし。秋山われは」と、秋山の微妙な美しさに勝を与えたこの長歌の判定は、劇的な効果をすら示している。

天智天皇にとって額田王という人は、豊かな才能と大胆さとに満ちていて、公用な場においても押し立て甲斐のある、近江朝の文化の新しさと華やかさを代表させるにふさわしい女性であったにちがいない。

この歌の春山・秋山の歌い方は、きわめて簡略化されているけれど、古代の人々が春秋の山の木草の花や紅葉に対して持った感じ方がよく表れている。春を待って咲き出す木草の花のにぎやかさは、勿論、やっとおとずれた春のはなやぎであったが、同時に彼等の生活感情の上では、やがて来る秋の稲をはじめとする穀物の豊かなみのりの予兆でもあった。山に咲くマンサクの花や桜の花を見れば、その可憐な美しさに心打たれながら、その花のもろく散ることを一日でもおしとどめ、ながらえさせようとした。粟穂、稗穂、餅花などという正月の祝福の呪具が農家の床を飾った習俗が、ようやく消えようとしているいま、昔の人の花を惜しむ心の切なさが、かえってなまなましく私の心によみがえってくる。

春の花を惜しむ心は、それでもまだ消えることなく残っている。ところが、秋の黄葉《もみじ》に関する思いの方は、うっかりするとたどりようもないほど微かになってしまっている。

深山には　あられ降るらし
外山《と》なる　まさきのかづら
　色づきにけり　色づきにけり

これは神楽歌の「庭燎《にわび》」の歌で、夕べの庭に火をたいて神の来臨をうながし、いよいよ神楽に入ろうとする時に歌われる。平安朝の歌には、「深山には……、外山（端山《はやま》）には……」というように対照させて、秋・春の季節のおとずれを歌う例が多い。この歌が庭燎の歌になっているのは「色づきにけり〲」という葛《かずら》の紅葉と、神を迎えて赤々と燃えさかるかがり火の色との連想があるからだろう。

しかしもともと、奥山から次第に里近い端山にかけて、山の木の葉の色が黄や赤に色づいてくるのを見て、昔の人は秋の神来臨の季節の到来をありありと感じとったのである。殊に、里近い山のナラ・クヌギなどの木が、穀物の実りの色と共に黄に変わってゆく豊かさは、彼らの心を踊らせ、血をわきたたせるような深い感動であったにちがいない。

万葉集の「もみぢ」の表記に、多く「黄葉」の字があてられているのも、漢文学の影響からだけでなく、日本人の心に自然な妥当感があったからだろう。

そういうことを考えながら、さっきの額田王の歌の、

秋山の　木の葉を見ては
　黄葉をば　取りてぞしのふ
　　青きをば　置きてぞなげく

というあたりを読み返してみると、われわれの心の上からはすでに消え失せてしまった、秋の黄葉に関する、神来臨につながる感動の思いが、言葉の奥からひたひたと迫ってくるような気がする。「そこし恨めし。秋山われは」という結句の「恨めし」は研究者を悩ましてきた語で、賞讃すべきところなのに「恨めし」は当たらないから「怜＝タノシ・オモシロシ」の誤りだろうなどとする説もある。だが、私はこのままで、当時の人々の心には十分ひびくものがあったのだと思う。

山の木の葉の黄葉に手を触り、いまだ色づかぬ青い葉を見つめて、胸にわきたってくる悩ましく切ない共同感覚があったから、この歌は秋山を勝とする判詞としての力ある説得力を持っていたのである。ここの所が今の学者の説くように曖昧では、判詞としての力を持ち得なかったはずだ。それでは額田王の面目も立たず、彼女にこういう晴れの場の歌を詠ませた鎌足や天智天皇の立場も無かったろう。「そこし恨めし。秋山われは」の思いは、単なる美意識の上の判断ではなくて、古代生活の奥深い感動につながっていたはずである。

秋の山に登って、すでに秋の気配の濃い山の頂から、次第に木の葉が微妙な変化を見せる里近い山に下って来る道すがら、私はいつも、村人たちの心をときめかせたにちがいない秋の収穫期の興奮と、その感謝を受けるために空から山を経て村里にくだってくる神降臨の気配とを感じないではいられない。

郷里に老いて住む親を見舞いに帰るたびに何よりさびしく思うのは、雑木山が次第に少なくなって、村山の頂上や谷深くまで杉や檜がびっしりと植林され、暗《くら》ぐらとした人工の林ばかりが広がってゆくことだ。

炭火や薪をまったく使うことのなくなった現在では、それが当然の勢いというものだろうが、四季それぞれの変化の姿美しかった雑木山が、いつ見てもあまり変りばえのしない杉・檜の蒼黒いひと色にぬりつぶされて、陰気な様子でしずまり返っているのは、何としてもさびしい気がする。

そのさびしさは、林の中に一歩足を踏み入れると一層たしかなものになってくる。杉山の木むらの奥は常に暗く、しめっぽくて、下草も茨か苔の類がわずかに、やせ細ったとぼしい葉をつけているだけである。空の色も見えぬほどに生え茂った林の奥は、他の植物にとっては不毛の地である。針葉樹特有の脂《やに》っぽい揮発性の樹脂のにおいの重くたれこめた下は、獣も鳥も、蝶のような昆虫さえ好んでは近づいてこない。雑木山の南斜面をねぐらにしている猪などは、稀に杉林の中にみみずを掘りにくる程度で、餌にするものの乏しいこの林に立ち入ることを好まない。

暗緑色の重い雲のように山肌をおおいつくした林は、その底を流れる谷川のせせらぎの音をすら、できるだけ外にひびかせまいとして、吸収し尽してしまうように思われる。杉林の奥は色も音もない、死の世界の重さをただよわせてしずまっている。

幼い頃の私は、家のまわりに迫る杉林の暗い藍色を見ていると、そこからみるみる夕べの深い暮色が噴き出してくるようで、心が滅入ってたまらなかった。

それにくらべると、雑木山の春秋の変化は楽しかった。殊に秋になって、木の実やきのこ類が豊富なみのりを見せはじめた山は魅惑に満ちていた。その頃になると、村の小学校の五、六年生の餓鬼大将は、カバンの底にひそかに鋸をかくして登校した。放課後、家まで二キロ、三キロの山道を帰る途中、適当な雑木山にもぐりこんで、あけびの蔓のまきついた木を切り倒して、腹いっぱい甘いあけびをむさぼったり、沢くるみの実や橡《とち》の実や柴栗をひろい集めたり、時には山の中でたき火をして、うば百合の根やとがたけを焼いて喰べたりした。

雑木山の木なら子供が少々木を伐り倒しても、大人たちは叱ることをしなかったし、また山で火を焚いても、その火の跡始末をきちんとすることなどは、山の子供なら誰でも心得ているのだった。

山道に降りつもる雑木の落葉が急に深くなって、藁草履をはいた足がふかぶかとその落葉に沈むころになると、山は急に物の音がよく徹るようになる。はるかな高い山の峯から起こった、村人が天狗のお神楽だという鼓を打つような澄んだ音が、夕暮れの山あいに神秘なこだまを起こす。村人たちは、ああ今日も山の神さんの御機嫌はよさそうだわい、と胸の中でほっと安心するのである。

最近はもう、天狗のお神楽も聞かれなくなったという。杉山の秋には、雑木山の秋のような情緒はない。「秋山　われは」の思いは、私の胸の底で切なく疼いている。

挽歌

杉本苑子

挽歌とは「とむらいの歌」のことである。柩《ひつぎ》を挽《ひ》く歌、の意味だ。

万葉集にはすぐれた挽歌が多い。死者を追慕し、それへの哀傷をうたいあげた作品がほとんどだが、なかには死者自身が、まだ命のあるうちに、みずからの死を予測して詠んだ歌も残っている。

辞世と称してよいものかも知れないが、近世の武士や知識人などが、従容として死を迎えることを、誇示しようとする意識から、あるいは、

「ちょっとでもましな人間は、句にしろ和歌にしろ、辞世の一つ二つは詠んで死ななければみっともない」

とする〝慣例〟のごときものにしたがって、はなはだしい場合は他人に代作させたりしてまで残した辞世と、万葉びとにおけるこの種の歌とは、死と対峙《たいじ》しているという立場からすれば同一であっても、質的にはだいぶ異《こと》なる。だいいち、万葉びとの気持の中には、まだ辞世に対する慣例も固定観念も生まれてはいない。死を恐れ、厭《いと》うにしろ、あまんじてそれを迎えるにしろ、そのときの

自分の心情をありのまま、率直、真摯《しんし》に流露させている点、他の分野の歌を詠む場合と、すこしも変らないのである。

辞世だからといって妙に飾ったり、いきばったり、悟ったふうなことを言ったりはしていない。万葉びとの心はまだ死に対して純だし、そのゆえにかえって彼らの絶唱は私たちをつよく捉《とら》える。

つぎに掲げる有名な二首など、その好例ではなかろうか。

磐代《いはしろ》の　浜松が枝《え》を　引き結び　真幸《まさき》くあらば　また還《かへ》り見む
家にあれば　笥《け》に盛る飯《いひ》を　草枕　旅にしあれば　椎《しひ》の葉に盛る

ともに有間皇子《ありまのみこ》の作である。

「磐代の浜辺の、松の下枝《しずえ》を結び合せて私は行くが、もし幸いに死をまぬがれて、同じ道を帰ることができたならば、結び松よ、ふたたびお前を目にするだろうよ」

「家にいれば、食器に盛ってたべる飯を、不自由な虜囚《りょしゅう》の旅とあってみれば、椎の葉に盛って食べるのも、ぜひないことだ」

松にかぎらず、木の枝をむすぶのは、目じるしのほかに、その枝に願望を託して、のぞみがかなったらほどくというような習俗が、当時あったのではないかと思う。

磐代は、げんざい南部町となっている和歌山県日高郡の岩代村のことで、結び松の跡というのが、いまも伝承されているそうだ。

椎の葉はこまかいものだから、これに飯を盛るのはおかしい。楢《なら》の葉のまちがいか、という説があり、いや、椎の小枝を幾つもかさねて、その上にのせたのだとする説、旅路の安全を祈って道祖《さえの》神《かみ》に捧げた飯だとの説もある。なににせよ、こうした穿鑿《せんさく》は二義的なもので、要は、死を前にしてなかば諦めながら、なかばは希望を捨てきれず、護送の役人らとともに紀州の砂浜をたどって行った十九歳の青年の心を読みとればよいわけである。

大極殿で、中大兄皇子が蘇我入鹿《そがのいるか》を殪《たお》し、大化改新のためのクーデターをなしとげた直後、皇極女帝は帝位を、むすこの中大兄にゆずろうとした。中大兄はしかし、

「私のような弱冠には、まだ任が重すぎます。叔父の軽皇子《かるのみこ》こそ適任でしょう」

と辞退した。一見、へりくだった言葉のように見えるが、じつはこれは、クーデターなどという強硬手段のあとではあり、豪族たちの警戒と反感が自分にあつまるのを怖れたためと、いま一つ、腹ちがいの兄にあたる古人大兄皇子《ふるひとおおえ》を、巻き添えにして、天皇候補の座から蹴落とそうとの、一石二鳥をねらった妨害作戦であった。

あんのじょう、古人大兄は怒って佩刀《はいとう》を床《わか》にたたきつけ、宮中を出るとすぐ吉野に奔《はし》って兵をあげたが、中大兄の派遣した軍隊に敗られ、自殺してしまった。そして軽皇子は即位して、孝徳天皇となった。

とは言っても、実権はあいかわらず皇極先帝の手にあり、この男まさりの姉と、若いが、したたかな甥《おい》中大兄にはさまれて、温順な天皇は、ほんの暫定的な、お飾りの地位に甘んじなければなら

なかったのである。

したがって政局が安定し、必要性がみとめられなくなると、孝徳帝はてきめん、周囲から冷遇され出し、とうとう難波の廃京に置き去りにされるという悲惨な結果に追いこまれてしまった。

天皇には、正室の間人《はしひと》皇后のほかに、幾人かの妃《みめ》がい、なかでも左大臣阿部倉梯麿《あべのくらはしまろ》のむすめ小足媛《こたるひめ》とは、おたがいに深く愛し合った仲であった。間人皇后は皇極のむすめ、中大兄の姉だが、彼女が、母や弟とともに、病気の天皇を置きざりにしてさっさと飛鳥の旧京へ帰ってしまったあとも、小足媛だけはとどまって天皇の看病をし、その孤独な死を見送った。

有間皇子は小足媛と、孝徳帝のあいだに生まれた忘れ形見である。当然、彼の胸には、中大兄らに対する怨恨が燃えていたにちがいない。もちろん、中大兄のほうもそれを感づいているから、やがては有間皇子を殺してしまおうと機会をうかがっていたし、有間も用心して、わざと気鬱症をよそおったりしていた。

ところへ、蘇我赤兄《あかえ》という謎の人物が登場する。孝徳帝の歿後、皇極先帝は重祚《ちょうそ》し、斉明女帝となって再びこの国の、女あるじの座に返り咲いたが、女帝や中大兄らが、紀州湯崎《ゆのさき》の温泉に出かけた留守中の、ある一日、彼はこっそり有間皇子の私邸にあらわれ、

「兵をお挙げなさい」

と煽動した。

「女帝のぜいたく三昧《ざんまい》は目にあまるものがあり、苦役の民のあいだには怨嗟の声が満ちています。

中大兄皇子の改新政策にも、豪族たちは不満をいだいており、あなたさまに同情して、政情の一新をはかろうと画策している者が少なくありません。中大兄派が都をはなれている今こそ、二度とない好機です。ご決意なさいませ」

若い有間はうごかされた。近臣をあつめ、

「どうしたものだろうか」

相談しているさいちゅう、よりかかっていた小机の脚がきずもないのに折れた。不吉の前兆ではないか？　近臣たちの不安を、

「こんなささいなことで、大事の機をあやまったら、とり返しがつきませんぞ」

笑殺したのは赤兄である。

こうしてついに、有間は挙兵にふみきったが、寸前に事はあらわれ、彼は捕えられて紀州の温泉へ護送された。

中大兄らの尋問に、

「真相は、天と、赤兄のみが知っている」

有間はそう答えただけで、あとはいっさい口をきかなかった。

「磐代の浜松が枝を……」の歌、「家にあらば笥に盛る飯を……」の歌、ともに護送中に詠んだものである。

「よし、何も言いたくないなら、あらためて都で訊《き》こう」。

中大兄はこう言って有間を帰したが、途中、藤白の坂というところまで来たとき、密命をうけていた押送使《おうそうし》は、有間の首に布を巻きつけてこれを絞殺した。

近臣たちも、むろん、それぞれ処刑された中で、火つけ役の赤兄一人、なんの咎めもうけなかったことからも、事件の裏面が推察できると思う。

同時代人でさえ真相を知っていたのだから、まして、少し年代がへだたってくると、有間皇子の冤罪は、悲劇として公然と人の口に語られ、結び松は一つの名所のようになって、その下をゆく旅人や吟遊詩人たちの哀哭《あいこく》を誘ったらしい。

次の歌も、そうした後人の、追悼の作である。

磐代《いはしろ》の　野中に立てる　結び松　情《こころ》も解けず　古思《いにしへ》ほゆ

作者は長忌寸意吉麿《ながのいみきおきまろ》――。伝は未詳だが、万葉集にはいくつか歌をのせており、有間事件からは四、五十年のちの人、と推定されている。

「むかし、悲運の皇子がその手をふれた結び松は、いつも変らずに磐代の野中に立っているけれども、それを見る私の心は傷み、むすぼおれて、懐古の情がうごくこと、しきりである」

とでも、訳せようか。

うつせみし　神に堪《あ》へねば　離《さか》り居て　朝嘆く君　放《さか》り居て　わが恋ふる君　玉ならば　手に

巻き持ちて　衣《きぬ》ならば　脱《ぬ》ぐ時もなく　わが恋ふる　君ぞ昨《きぞ》の夜《よ》　夢《いめ》に見えつる

ところでこんどは、有間皇子を悲境におとし入れた中大兄皇子——天智天皇の死に際して、まわりの女性たちが詠んだ追悼の歌はどのようなものか、見てみよう。

作者はわからない。〝天皇、崩《かむあが》りましし時、婦人《たをやめ》が作る歌一首〟と前書きにあるだけである。「うつせみ」は現身……。この世に生をうけている躰、人間のこと。これに「し」と助詞がつくと強まる意味になる。

「人間は、とうてい神に近づくことはできない。亡くなって、天上のものとなってしまったあなたから、遠く離れて、朝に夕に、ただ思い出だけをなつかしんでいる私なのだ。玉ならば手首に巻きつけて瞬時も離さず、衣ならばぬぐときもなく恋い慕う君。そのあなたが夢にあらわれた。昨夜の夢に……」

鯨魚《いさな》取り　淡海《あふみ》の海を　沖放《さ》けて　漕ぎ来る船　辺附《へつ》きて　漕ぎ来る船　沖つ櫂《かい》　いたくな撥《は》ねそ　辺《へ》つ櫂　いたくな撥ねそ　若草の　夫《つま》の　思ふ鳥立つ

この歌の作者はわかっている。天智帝のきさき倭姫《やまとひめ》だ。

読みくだしてみて、まず感じるのは歌詞のたどたどしさであろう。前出の「うつせみし神に堪へねば」の歌とくらべるとちがいははっきりする。内容的にも、前の歌とは比較にならないくらい稚《おさな》

い。「鯨魚取り」は海に、「若草」は夫にかかる枕ことばだから、ぜんたいを訳してみると、

「近江《おおみ》の湖の沖はるかに、漕いでくる船、岸辺にそって漕いでくる船……どうかどちらも、らんぼうに櫂をあやつって水をはねかえさないでおくれ。亡き夫《つま》の愛していた水鳥が、おどろいて飛び立って行ってしまうから」

ということになる。

しかし、前の歌とならべた場合、私が惹《ひ》かれるのはどちらかというと、この倭姫皇后の歌のほうだ。挽歌といえども文芸作品である以上、美しくなければならないが、挽歌であるゆえにたどたどしさ、稚さが、かえって読む側に迫り、涙をさそう結果になることもありうるのである。

倭姫の長歌の、字たらずな、ギクシャクした調子には、子供さながら、しゃくり上げしゃくり上げ、何かつぶやいている女の、無技巧からくる哀れさがにじみ出ている。悲しみがあふれあがって来て、われ知らずポツリポツリ、言葉となって口からこぼれた……歌を作ろう、上手に作ろうなどとは思ってもいない、死者とだけ、一体となっている。こぼれ落ちたものへの第三者の批判など、まったく念頭にないいちずな点が、それを念頭に置いて技巧をこらした流暢《りゅうちょう》な歌よりも、むしろ人を搏《う》つのである。挽歌とは本来、そういうものであるはずだと思うのだが……。

いったい、では、倭姫皇后とはどういう女性かというと、これがおもしろい。有間皇子のくだりで私は、中大兄の策に乗り、佩刀を床にたたきつけて吉野へ去った古人大兄皇子のことを書いた。倭姫は、この古人大兄のむすめなのである。

父の敗死後、まだいたいけな美少女だった彼女は、捕われて、中大兄の後宮《こうきゅう》へ送り込まれた。いわば力ずくで、父の仇に散らされた蕾《つぼみ》なのだ。そのような二人の出発でいながら、同棲三十年……、夫の死に、全身で慟哭《どうこく》している倭姫のすがたを見るとき、私たちは、ひとりの女がたどったながいながい心の旅、愛の旅路の曲折を想像せずにはいられない。

かからむの　懐《こころ》知りせば　大御船《おほみふね》　泊《は》てし泊《とま》りに　標結《しめゆ》はましを

ついでにもう一首、やはり天智帝への挽歌をあげておこう。

「お亡くなりになることが前からわかっていたら、御座船《ござぶね》が停泊した港に標《しめ》でも結いめぐらして、冥路《よみじ》への御出立をおとどめしましたのに……」

というのだが、ずいぶん形式的な、おざなりな詠みくちではないか。標をむすんで船をとどめるという発想も類型的だし、なによりは精神の深部から噴きあがってくる哀惜の情に欠けている。テクニックだけで器用に詠みくだしているこの歌の作者が、額田王だというのも、これまた、おもしろい現象だと思う。

彼女をめぐって、中大兄（天智）、大海人《おおあま》（天武）の兄弟が、三角関係の恋あらそいを演じたいきさつは、すでに書いた。天智帝が亡くなるころには、額田王はもうまったく大海人皇子との、むかしの愛を再燃させていたから、むしろ邪魔者だった帝王の死に、宮廷歌人の一人として悼歌は捧げたにしろ、内容がよそよそしく、儀礼的になるのも当然であった。心というものは欺《あざむ》けないものである。

燃ゆる火も　取りて裹《つつ》みて　袋には　入ると言はずや　面《おも》知らなくも
北山に　たなびく雲の　青雲の　星離《さか》り行き　月を離《さか》りて

この二首は、お世辞にも秀歌とは言えない。しかしふしぎに、読む者の情感に愬《うった》えてくる何かを持っている。ことに「燃ゆる火も」の歌は烈しい。作者の気性が、かくしようもなく露呈している。

天武帝が亡くなったとき、きさきの鸕野《うの》皇女（持統女帝）が詠んだ挽歌である。

「燃えさかる炎すら、取って包んで袋に入れる術があるそうではないか。それなのに私は、あのかたの死をどうするすべも知らないのだ」

「北山にたなびく薄青い夜の雲……。見ているまにその雲は星をはなれ、月をはなれて、スウーッと眼路《めじ》の果てに消えてゆく。まるであのかたの魂のように……」

炎を袋に入れて見せる異国渡りの大道魔術師……。その評判を皇后は耳にしたのだろうが、多くの素材の中から特にこの見聞を選び、思いをそれに託したところに、ゆくりなく彼女の性格の一端があらわれている。

やはりはじめの章で、父の天智帝、夫の天武帝、二人の男をあやつった額田王への、彼女の嫉妬に私は触れた。そして、

「しかし、けっして内奥に燃えるものを、彼女は外にあらわす女ではなかった」

と書き「深沈にして大度あり」という書紀の批評を引いて、その性格と外貌を暗示したように記憶している。

抑制して、あたうかぎり人には見せなかった奥底のものを、歎きのあまり、思わずチラッとほとばしらせたのが「燃ゆる火も」の歌であり、沈潜した、静かな彼女の外貌を髣髴《ほうふつ》させるような一首が「北山に」の詠唱である。夜空を翔《か》け去ってゆく魂魄へ、じっと眸を凝らしている彼女の青白い横顔には、額田にはない暗い、妖しいロマンチシズムがただよっている。二首ともにぶきみな、凄みのある詠歌といえよう。

ももづたふ　磐余《いはれ》の池に　鳴く鴨《かも》を　今日のみ見てや　雲隠《がく》りなむ

天武帝の崩後、たちまち起こったのは、帝位継承者の人選問題であった。十数人もいた皇子、皇女たちの中で、ひときわ才幹がすぐれ、容姿も堂々として美しく、雄弁で詩賦の能力を持ち、亡き父みかどにも愛されていたのが大津皇子だが、彼の生母はすでに故人となっていた。鸕野《うの》皇后の姉の大田皇女である。

腹をいためたいとし子草壁皇子を、次期の帝位につけるためには、甥の大津を、鸕野は何としてでもこの世から抹殺しなければならない。そこで陰謀がたくまれた。例によって、仕立てられた密告者が、

「大津皇子には謀叛の野心がございます」

と、官へ訴えて出たのだ。

「かつて新羅《しらぎ》の僧行心という者が、皇子の骨相を観《み》て『ひさしく臣下の地位にとどまっていると身に禍いがおこる』と占ったのを信じて、先帝崩御のどさくさに兵を挙げようとくわだてられたのです」

こうして父の死後わずか二十日余……、朱鳥元年十月三日に、大津皇子は殺された。二十四歳であった。

〝大津皇子、被死《みまか》らしめらゆる時、磐余《いわれ》の池の陂《つつみ》にして涕《なみだ》を流して作りまし御歌一首〟と前書きのあるこの辞世は、だから有間皇子の歌とならんで、万葉集中、ある意味での人気作品である。「ももづたふ」は枕ことば。歌意は平明だから訳の必要はないと思う。悲痛感を、抒情に溶《と》かして表現した静謐《せいひつ》な一首だ。作者の人柄《がら》であろう。

詩人でもあった皇子はまた、懐風藻に〝臨終〟と題する五言絶句をのこしている。

金烏、西舎ニ臨ミ、鼓声、短命ヲ催ス
泉路賓主無ク、此ノ夕ベ家ヲ離レテ向フ

修辞に唐詩特有の誇張はあるが、六朝風の、これはこれでなかなか美しい哀切な作品である。

妃の山辺皇女《やまのべのひめみこ》が、髪をふり乱し徒歩《かち》裸足《はだし》のまま馳けつけ、夫の死骸にとりすがって自殺したというニュースは、人々の涙をさそったが、皇子の姉、大伯皇女《おおくのひめみこ》の、身も世もない悲嘆の声も、万葉全巻を通じて十指のうちにはいる愛唱歌となっている。

有名な、その二首の観賞に先立って、大伯皇女が、どれほど弟を愛していたか知るために、まず次の歌を見てみることにしよう。

わが背子《せこ》を　大和へ遣《や》ると　さ夜深《ふ》けて　暁露《あかときつゆ》に　わが立ち濡れし
二人行けど　行き過ぎ難き　秋山を　いかにか君が　独り越ゆらむ

姉弟の埒《らつ》を越えて、いささか艶麗にすぎる……とあやしまれるほどの歌である。

「大和へもどってゆく弟を見送って、いつまでもいつまでも物思いにふけりながら佇《たたず》んでいるうちに、夜はふけて、いつのまにか暁ちかくなり、草露に私はびっしょり濡れてしまった」

「手をとり合いながら行ってさえ、淋しくて容易に越えがたい秋の夜の山路を、いまごろ弟はひとりぼっちで、どのように越えていることだろうか」

大伯皇女も、その生母は大田皇女である。十四歳のとき斎宮となって伊勢にくだり、清浄な乙女のまま神に奉仕する身となった。右の歌は、ある一日、大津皇子がこっそり姉を伊勢に訪ね、やがて帰って行ったときの作だと、前書きにある作品である。

うつそみの　人にあるわれや　明日よりは　二上山《ふたがみやま》を　弟《いろせ》とわが見む
磯のうへに　生《お》ふる馬酔木《あしび》を　手折《たを》らめど　見すべき君が　ありと言はなくに

弟が殺された朱鳥元年、大伯皇女は二つ年上の二十六歳――。斎宮の任を解かれて都へもどって来たときであった。そしてそれから十五年後、大宝元年十二月に四十一歳で彼女は亡くなっている。だれと結婚したのか、生涯、独身のままだったか、くわしいことは何もわかっていない。

近鉄南大阪線が〝たいまでら〟駅――あの、中将姫の蓮糸まんだら伝説で知られる当麻《たいま》寺に近づくと、雄嶽《おだけ》、雌嶽《めだけ》、二つの峰がなだらかな鞍部《あんぶ》でつながる二上山の、ものがなしく、やさしい山容が車窓の西に見えてくる。そして、もうそれからは大和平野のどこにいても、この山は古代のままの夕焼けを背景に、古代のままの姿で私たちの視野にはいってくる。一度でおぼえられ、いったんおぼえたら忘れられない懐かしい姿だ。

「この世の人である私……。明日からはもはや、二上山を弟と思って眺めるほかなくなってしまった」

大津皇子の墓は雄嶽のいただきにあり、二上山の前方、すがたさえまるまると愛らしい麻呂子《まろこ》山には、聖徳太子の弟、麻呂子《まろこ》の王子奥都城《おくつき》もある。

他の一首、馬酔木の歌のほうは、これがまた圧倒的に人気のある作品である。「死ぬほど好き」と言った女人を私は知っているが、内容的にはさほど複雑なものでもない。

「磯のうへに」は、「岩のほとりに」の意。「馬酔木《あしび》」はアセビとも言い、万葉びとにひどく愛された常緑樹だ。葉に微量の毒性をふくんでいるため牛や馬がたべると一時、酔ったようになるのでこの名がある。地味な野生の木のくせに、早春のころ葉かげにつける純白の花は、スズランの房に似てすがすがしく、いじらしい。大和地方にはとくに多いため、万葉には馬酔木を詠んだ秀歌が多い。「わが背子にわが恋ふらくは奥山の馬酔木《あせび》の花のいま盛りなり」とか「磯かげの見ゆる池水照るまでに咲ける馬酔木の散らまく惜しも」など、拾《ひろ》い出せばいくらもある。

「岩のほとりに生えている馬酔木の花の美しさに、つい知らず手を出して折ろうとしたけれども、とたんに気づいた。見せて、よろこばせてやりたいと思った弟が、もうこの世にいないことを……」

島の宮　上の池なる　放ち鳥　荒びな行きそ　君まさずとも

ライバルの大津皇子を死に逐《お》いやってまで、帝位につけてやろうと鸕野皇后が画策した草壁皇子は、しかし母の期待に添うことなく、亡父天武帝のあとを追うように、やがて亡くなってしまった。遺児軽皇子《かるのみこ》はまだ幼少である。

妃腹《みめ》の、他の皇子たちの蠢動《しゅんどう》を抑え、この孫に、将来どうしても、王座を渡してやりたい執念から、成長を待つまでの一時期、皇后はついにみずから帝位について、持統女帝となった。

飛鳥《あすか》の野を歩かれた読者の中には、石舞台古墳の偉容に目をみはったかたも大ぜいおられるにちがいない。このあたりは島の庄と言い、古墳のある平地から隣接の岡寺にかけて、もと蘇我氏の邸宅だった。蘇我馬子《うまこ》が、島の大臣《おとど》と呼ばれたのはそのためだし、巨大なあの、石舞台の石槨《せきかく》も、馬子を葬った桃原墓《ももはらのはか》であろうと推定されている。

蘇我氏の滅亡後、邸宅は宮廷に没収されて草壁皇子の住居となったが、近くを流れる飛鳥川やその支流からゆたかに水をひき、池だの滝まで、庭園には造られていたらしい。「上の池」とあるところをみると「中の池」「下の池」も存在したろうし、鴛鴦《おしどり》や白鳥など、うつくしい水鳥が放し飼いされていたありさまも想像できる。

「上の池の水面にさまざまな彩りをこぼして放ち鳥のうかぶ草壁皇子の島の宮殿よ。お主《あるじ》がいなくなられても、どうか荒廃することなく、いつまでも美しくあってくれよ」

と願望しているのは、六百人にも及んだ皇子の舎人《とねり》の中の一人で、死者をまつる殯宮《ひんきゅう》に奉仕しながら詠んだ挽歌のうちの一首である。どこか義務的な、とり乱したところのない詠み口も、彼らの立場からすればいたし方なかったことかも知れない。

挽歌の二上山

山本藤枝

あなたがたは牛よ、と、わたしは、十数年来つきあってきた万葉研究グループの主婦たちにいう。牛は牛でも、ただの牛ではないの。老婆が干していた布をその角にひっかけ、ひたむきに走り、ついにその老婆を信濃の善光寺までつれていったという、あの牛。あなたがたが、むりやりひっぱっていってくれなければ、わたしは、こんなにどっぷり、万葉の水に身を浸すこともなかったと思う。牛などといって、怒らないで。この牛は、いいかえれば、仏教でいう善知識です。人を善道にみちびき入れるはたらきをする人のことです。

彼女らは、きょとんとしたが、少なくともじぶんたちのことを見下げたり、わるくいわれたのではないことがわかったらしく、表情をゆるめた。

十五年まえ、八回ほどにわけて、万葉集の解説をした。市の公民館主催だった。講座がおわっても、彼らは散ろうとしなかった。巻第一のはじめの歌から、一首も落さず読みたいという。もとよりわたしは学者ではない。専門にしている女性史研究から、古代史にも首をつっこみ、万葉集も我流で読んでいるにすぎない。自信はなかった。しかし、わたしは、彼女らの熱情に負けた。「牛」は、わたしの干した布を、その角にひっかけたのである。

爾来、十五年。月一回では、まことに遅々たる歩みである。志貴皇子の御歌、「石ばしる垂水の上の……」からいただいた「さわらび」を名とするそのグループは、それでも、いま、巻十八のなかばまでたどりつき、この秋は、家持の足あとをたどって、越中、能登の旅をしようとはりきっている。

旅といえば、飛鳥、桜井、宇陀、吉野と、万葉のふるさとへのわたしの旅も、たいていは、このひとたちといっしょだった。

その旅の中で、一ばん感慨が深かったのは、三年まえの五月末の、二上山登山である。大和路を歩くたび、いつも気にしながら、スケジュールの都合で登れなかったその山のいただきへ、やっとたどりついたのだ。

だいぶんまえ、わたしは、万葉集に残された大津皇子、大伯皇女の歌につよく心をひかれ、この姉弟を主人公に、「飛鳥はふぶき」という少年小説を書いていた。その五百五十枚を書きあげたとき、出版社の人と、この本ができたら、皇子のお墓の前に埋めて来ましょうね、これは、この二人へのわたしのレクイエムなのだから、と約束していた。それも果せないうちに、年月が経ってしまっていたのだった。

二上神社口から登った。雄岳の標高は五一五メートル。たいしたことない、と、いささかその高さを見くびっていたが、登るにつれて、老体はきしんだ。わざわざ、わたしのために東京から杖を用意して来てくれていたひとがいて、どんなに助かったか。

もうひとふんばりで頂上、というあたりへ来て、急に雨が降りだした。おまけに、耳をつんざくような雷鳴である。

夢中でかけあがった。

やっと皇子の墓所に立った。稲妻が走る。雷鳴はなおもとどろき、横なぐりの強い雨が、パンタロンの裾をびっしょりにした。

おそろしいというより、いっそ、快かった。皇子の、永久に消え去ることがないであろう無念を共有し得た、悲しいよろこびであった。

涙が流れた。

先生、泣いていらした、と、あとでいうひとがあって、わたしはちょっとたじろいたが、やがて気をとりなおして、いった。最愛の弟とも、永遠の恋人とも思うひとのお墓の前に、やっと立てたのですもの、涙なしにいられましょうか、と。

その夜、宿を貸していただいた当麻《たいま》の里の石光寺で、わたしは東京の友に、こう書いた。——今日、山の上の、世界一さびしいお墓の前に立ちました。

お墓といえば、桜井市忍阪《おっさか》の、鏡王女墓の松の木は、いま、どうなっているだろうか。はじめ、みんなと訪れたときは、犬養孝先生の「万葉の旅」（上）に記されているように、十九本あった。

二度目、ひとりでおまいりした時、その松の木のあらかたは、マックイムシにやられて、無残に斬りたおされ、さほど広くない墓域に乱雑に積まれていた。いま思うと噴飯ものだが、そのとき、わたしはなにやら義憤のようなものにかられ、紹介状もなしに桜井市の市役所にかけこんで、なんとかしていただきたいと懇請したものだ。三度目のときは、それでも、薪のように斬りそろえられたのが、整然と積みあげられていた。

このお墓から、車ならほんのわずかな時間で、粟原《おおはら》寺跡にたどりつく。

ほとんど訪れる人とてない山あいの跡地に、発掘された礎石だけが点々と残っている。運転手は、こんなしょうもないところに何の用があって、という顔を、ひとり旅のわたしに向けたが、わたしには大切な用があったのだ。「額田王」という、小説とも評伝ともつかないものを書いていたわたしは、ここにいつの世までか建っていた粟原寺のおもかげをしのびたかったのだ。

江戸時代後期の国学者狩谷棭斎に「古京遺文」という著書があり、その中に、この寺の鑪（露）盤銘というのが出て来るのである。

その銘によると、この寺は、称制時代の持統天皇の御代、仲（中）臣朝臣大嶋という者が、草壁皇太子のために創建した。伽藍だけだったので、そのあと、比売《ひめ》朝臣額田が、二十二年かかって、金堂、丈六の釈迦像、三重の宝塔、七つの鑪盤をつつしんで進上した。「ねがわくはこの功徳により皇太子の御霊が極楽往生なさるよう、七生の先霊がともに彼岸にのぼるよう、大嶋大夫が必ず仏果を得るよう」というのが銘文の結びである。

ここから、額田王再婚説がうまれ、その相手は中臣大嶋であるということになったのだった。かりに比売朝臣額田がいうところの額田王であったとする。粟原寺は、彼女が晩年の情熱をかたむけて完成した寺ということになるのである。

彼女の姉とされる鏡王女の墓は、ここから粟原川（忍阪川）をへだてて北西にある。彼女と大海人皇子のあいだの娘十市皇女がほうむられたのは、『日本書紀』によると赤穂。その赤穂は、忍阪の近くの赤尾だという説がつよい。

仮定の上に仮定をかさねてのことだけれど、かりにその仮定をまるのみするとすれば、まさにこのあたり一帯の、世の中からまったく忘れられたような、しずかで寂しい山野が、急にいのちを得てよみがえり、姉、妹、妹の娘、三人の女性の、親しみのこもった、ひそやかな語らいの声が聞えて来そうな錯覚にとらわれる。赤尾の里のあたりの、名もない古墳のひとつに、十市皇女が眠っていないだろうか。そういえば、忍阪・粟原あたりにも、古墳は多いのである。額田王は、そのどれかに眠っているのではないだろうか。

早春の一日、ひとりでこのあたりを歩きまわっているうちに、わたしはいつのまにか、額田王再婚説に乗ってしまっていたようだった。

帰京して、さっそく、この話を「さわらび」の人たちにした。

翌月の「さわらび」で、四・五枚のスナップをわたしにさしだしたひとがいた。見おぼえのある木、石……。粟原寺跡たった。

「どうしても行ってみたくて……。雨が降ってましたけれど、有志で強行しました」

そのひとはいった。

壬申の乱をめぐる女性たち

辺見じゅん

皇極女帝の四年（六四五）六月十二日、いわゆる大化のクーデターが板蓋宮の大極殿を背景に行なわれた。中大兄皇子と鎌足による蘇我入鹿誅殺である。『日本書紀』はその日のありさまを次のように記している。

「この日雨ふりて、潦水《いさらみづ》庭に溢《いは》めり。席障子《むしろしとみ》をもつて、鞍作の屍を覆ふ（鞍作は別称）」

むしろをかけた入鹿の屍を晩夏の雨が打ち、あちこちに水たまりをつくってあふれたと描写しているのである。

中大兄皇子と鎌足は皇極女帝の弟軽皇子を皇位につけると、改新政治の第一歩を踏み出した。中国にならって年号を決め、この年を大化元年と呼んだ。

『万葉集』がそれ以前の『記・紀』の歌謡や伝誦歌の世界とは異なった新しい様相を迎えるのは、この大化のクーデターを契機としてと言ってもよいだろう。通常、四期に区分された『万葉集』の第一期は、大化前代から六七二年に於ける壬申の乱の平定までとされている。

この『万葉集』第一期に華々しく登場した額田王は、大化の改新から壬申の乱を体験した一人で、歴史と文芸のはざまに咲いた大輪の花のような存在だった。それというのも、中大兄皇子（天智天皇）と大海人皇子（天武天皇）という、歴史上の二人の英傑を背景に語られる女性でもあったからだ。『万葉集』には十二首の歌が載せられているが、額田王ほど謎に充ちた生涯を送った女性も稀有といえるだろう。彼女についての明確にされた記述といえば、『日本書紀』の天武天皇の条に、

「天皇、初め鏡王の娘《むすめ》額田姫王を娶して、十市皇女を生む」

と記されているだけで、出世の時期や場所、没年さえも明確に判っていない。ただ、娘の十市皇女の生んだ葛野王の伝記などによって舒明三年（六三一）から五年（六三三）頃に生れたであろうとされている。出世の場所も名前の由来から大和郡の額田郷付近ではないかという。いずれにしても、少女期を迎える頃に宮廷に出仕し、皇極女帝の側近くに「御言もち」として歌をもって仕えた女性であろうと言われ、中西進氏は、名づけて「詞の嫗」と呼んでいる。よく知られた、

熟田津に船乗りせむと月待てば潮もかなひぬ今は漕ぎ出でな（巻一・八）

にしても、斉明女帝（皇極女帝が重祚）の代りとなって詠まれた歌である。新羅征討（六六一）のために、女帝に代って神の心で全軍を鼓舞するための宮廷歌人としての役割を額田王は担っていたのだ。月明に満潮を待って船出しようとする大船団の緊迫した様子も一首には反映している。

難波を発ったこの船団が吉備の大伯の海にさしかかったとき、大海人皇子の妃大田皇女が女児を

生んでいる。大津皇子の姉の大伯皇女である。臨月の妃も乗りこんだ西征行きは、宮廷あげての大移動だった。この歌を斉明御製とする説があるが額田王作と思う。すでに六十歳を越えた女帝にとって皇太子中大兄の決意による百済救援のための旅は疲労が著しかった。那の大津に着くと、七月には筑紫朝倉宮で亡くなっている。おそらく、女帝というよりは中大兄が全軍の士気を鼓舞させるために額田王に命じて作らせたのであろう。

『日本書紀』には女帝の死の前後をめぐって異様な記述がされている。朝倉山に大笠を着た鬼があらわれたとあるのは、あの入鹿の怨霊でもあったろうか。中大兄は母の女帝の崩御後も即位せずに皇太子のまま政治を執行した。これを称制という。

額田王には「熟田津に」の歌と同様な、三輪山への惜別をこめて詠った長歌と反歌がある。ここでは反歌を見てみよう。

三輪山をしかも隠すか雲だにも情《こころ》あらなむ隠さふべしや（巻一・十八）

天智称制六年（六六七）、都が大和から近江の大津へ遷都されるときの歌である。

三輪山は奈良盆地のいずこからもなだらかな裾を拡げた円錐形の山である。古来より神のいます山として信仰を集め、神の降臨するという磐坐《いわくら》が山頂には祀られている。

「雲よ、なぜ三輪山をそのように隠すのか。せめて雲だけでも情をもって欲しい、どうしてそのように隠すのか」の意である。

近江遷都は多くの反対を押しきって強行された。そのためにも三輪の神の心を鎮めておかなければならなかった。三輪山の神に大和を離れるにあたっての挨拶が必要だった。額田王の歌は、飛鳥の人々の反対の声をも配慮した制作でもあったろう。歌には三輪山を隠す雲を歌いながら、大和を去るにあたっての額田王の心情もまた投影されている。

遷都から九カ月後の六六八年正月三日、中大兄はようやく天皇の位に就いた。天智天皇である。ときに、四十三歳。妃の中から倭娘を皇后に立て、大海人皇子は皇太弟となった。

「天智帝は、風俗を整え、民を教化するには、文より貴いものはなく、学問がなによりも先とお考えになった」

『懐風藻』の序文にはこのようなことが記されている。近江朝には百済滅亡と共に多くの文化人たちが亡命し、中国の唐風文化がはじめて花ひらきはじめた。額田王のよく知られる春秋争いの長歌が披露されたのもこの近江朝での宮廷に於ける詩宴だった。

冬ごもり　春さり来れば　鳴かざりし　鳥も来鳴きぬ　咲かざりし　花も咲けれど　山を茂み　入りても取らず　草深み　取りても見ず　秋山の　木の葉を見ては　黄葉をば　取りてそしのふ　青きをば　置きてそ歎く　そこし恨めし　秋山われは（巻一・十六）

題詞には、天智天皇が内臣の鎌足に命じて宮中で詩宴を催うさせたとある。「春山万花の艶」と「秋山千葉の彩」のいずれがすぐれて美しいか漢詩で答えるようにといわれ、額田王は「歌をもちて」応えたというのだ。彼女の自信のほどもうかがえるが、額田王は春秋争いの風雅そのものが中国好みであることもふまえた上で、春より秋を好むと応えたのである。

この日は天皇も列席しての大規模な宴だったので近江朝の文雅に心得ある者は競って参加したに違いない。そうした中で額田王の歌が並み居る廷臣たちの耳目を集めた様子も想像されてくる。彼女がまぎれもなく近江朝きっての第一級の歌人であったことが示されている。このことは、琵琶湖の東岸にある蒲生野で行なわれた遊猟《みかり》のときの大海人皇子との間に交わされた贈答歌にもよくあらわれている。

天智が即位の年の六六八年五月五日、天皇は、大海人皇子や内臣及び群臣、また多くの宮女を率いて蒲生野へ出かけた。このとき詠まれたのが、額田王といえば誰もが思い浮かべる次の一首である。

あかねさす紫野行き標野行き野守は見ずや君が袖振る（巻一・二〇）

「紫野」は紫草を栽培した野、「標野」はしめなわが張られた野で朝廷の直轄する御料地である。男は騎馬で鹿茸《ろくじょう》をとり、女は紫草などの薬草をとるといった唐の宮廷にならった行事だった。鹿茸は今日でも中国の吉林省での産物（強壮剤）となっている。

宮廷の人々が大勢参加したこの日、かつて十市皇女までもうけた額田王に向かって大海人皇子が袖を振った。

額田王が軽く咎めるような気配で詠ったのに唱和するように、大海人皇子もまた、

紫草《むらさき》のにほへる妹を憎くあらば人妻ゆゑにわれ恋ひめやも（巻一・二十一）

と、即座に答えている。

一首の歌のひびきは、恋のひめごとというには明るい。舞台は一面の紫草の生えた野であり、爽やかな天空のもとである。登場人物も額田王と大海人皇子であるから華麗だった。「紫野行き標野行き」のリズム感のある繰返しも七七とひびきあって一幅の絵巻を見るようだ。

この二首の贈答は、巻一の雑歌にあるから宴席の即興と見る説がある。折口信夫は酒宴の戯れの歌であろうと言い、所作ごとが加わったと説いている。額田王の歌の一首に、「行き」「見る」「振る」などの所作を思わせるひびきがあるのは、遊猟の後の宴で舞いながら詠ったとも考えられるからだ。その歌に対し、「紫草のにほへる妹を……」と受けた大海人皇子の呼吸もあざやかである。たわむれを装おいながら本心も入っているような、その昔、愛を交わしあった男と女にだけわかる艶めいた呼吸も感じられてたのしい。『万葉集』には天武天皇の歌が四首伝えられているが、すぐれた意志力と共に才分にみちていた男性だったことを感じさせる。

額田王の「あかねさす」の歌はその三年後の突然の天智天皇の崩御と、それに続く壬申の乱という歴史の変転を見るとき、意味深く思えてくる。

秋山の樹の下隠《がく》り逝く水の吾れこそ益《ま》さめ御思《みおも》ひよりは（巻二・九二）

作者は鏡王女で、額田王の姉といわれている。この一首は、天智天皇の「妹《いも》が家も継ぎて見ましを大和なる大島の嶺に家もあらましを」（巻二・九一）に唱和した相聞歌である。天皇の歌にはどことなく挨拶のような感じがあるのに対し、鏡王女の方は、「吾れこそ益さめ御思ひよりは」と、思慕の深さを伝えている。やわらかな「の」の重なりも一首の調べをやさしく感じさせる。

『万葉集』の巻四にはこの姉妹の歌が載っている。中大兄皇子時代の天皇への相聞歌だが、同じく風を詠いながら微妙な趣むきとなっている。

君待つとわが恋ひをればわが屋戸《やど》のすだれ動かし秋の風吹く（巻四・四八八）額田王

風をだに恋ふるは羨《とも》し風をだに来むとし待たば何か嘆かむ　（巻四・四八九）鏡王女

額田王の歌には、かすかにすだれを揺らす秋風の訪れさえも恋の便りと思えるような女心が匂いたっているのに比べ、姉の鏡王女の歌にはすでに皇子の愛が遠くなった予感が漂っている。古代の信仰では風は人の訪れの前兆でもあった。

二首の歌は巻八（一六〇六、一六〇七）にも表記法を違えて登場している。これは後代に伝承された歌であろうとする説があるが、額田王作にしては歌の格調に乏しい。類似の歌が巻十一の二四六五にもある。歌のよさからいうと、鏡王女の「風をだに」を繰り返したほうが「待つ」心の切実さが感じられてよい。

鏡王女は中大兄皇子の頃に娶された人だが、のちに中臣鎌足（生前は藤原鎌足と呼ばれていない）の正室となった。鎌足は天智天皇を助けて蘇我氏を滅ぼした男で、その人となりは、「偉雅、風姿特秀」（大織冠伝）といわれている。天皇にとってはかけがえのない協力者であり、鎌足への降嫁も両者の紐帯を固める証でもあったろう。『万葉集』には、この鎌足に希まれて浮名が立つのは、あなたはともかく「わが名し惜しも」と詠った鏡王女の歌がある。それに唱和する鎌足のほうには少しも動じた様子がなく「ますらを」ぶりを堂々と発揮している。

鏡王女にとって鎌足との生活がまずは落ちついた営なみであったことは、夫が病気になった折に、その恢復を祈って山階寺《やましな》（興福寺の古称）を開基したところからもうかがわれる。鎌足がその生涯を終えたのは天智八年（六六九）、享年五十六歳だった。三日後には、天皇自ら弔問のために訪れている。そして、その二年後には天智天皇の崩御が続く。

神奈備《かむなび》の伊波瀬の杜の呼子鳥いたくな鳴きそわが恋まさる（巻八・一四一九）

「神奈備」というのは、古代に神のいる処と考えられた山や森をいう。「呼子鳥」はかっこうのことだが、死者を呼ぶもろもろの鳥でもあったろう。この一首はいつ詠まれたものか定かでないが、「神奈備」というところからも亡夫鎌足をしのんだ歌とみたい。『万葉集』には鏡王女の歌が五首載っていてそれぞれ女心を垣間見せているが、この一首は寂寥として調べも美しい。五首の歌を辿っていくと、一人の女の一生も仄見えてくる。

＊

天の原振り放《さ》け見れば大君の御寿《みいのち》は長く天足《あま》らしたり（巻二・一四七）

『万葉集』巻二には天智天皇の崩御に伴なって挽歌群が見えるが、そのはじめに位置するのが倭姫皇后のこの一首である。これは天皇が「大君」として長く地上にとどまって欲しいと祈る歌で正しくは挽歌ではない。天智と生涯をともにした皇后の言霊の力を恃んだ賀歌であることに着目したい。

天智の数多い妃たちの中で皇后になった倭姫は、天皇の異母兄、古人大兄皇子の娘である。古人大兄皇子は舒明天皇の長子であり、その母は蘇我馬子の娘の法提郎媛《ほてのいらつめ》であった。蘇我氏打倒を念ずる中大兄皇子にとっては強力な競争相手だった。しかし、大化のクーデターによって馬子の孫の入鹿が殺されると剃髪して吉野宮滝の離宮に籠ったが、間もなく中大兄皇子の差し向けた私兵によって討たれている。倭姫はいつごろ中大兄皇子の妃になったかは定かではないが、現実においては父を殺され、母もまた自死している。天智との間に子を生むことのなかった倭姫は、その尊い出自からも信望を得ていたらしい。皇大弟の大海人皇子は吉野入りの前に政治を倭姫皇后へと推挙している。

青旗の木幡の上をかよふとは目には見れども直《ただ》に逢はぬかも（巻二・一四八）

「青旗の」は「木幡」の枕詞である。樹木の茂ったさまを旗のごとくに見たのだ。天皇の魂が行き来するのがはっきりと映しだされてくるのに現し身にお逢いすることもかなわぬという歎きの深さが、哀切の思いをこめて凜烈に詠われている。他に二首あるが、とくに殯宮の儀の行なわれた間に詠れた長歌が心にしみる。天智が晩年に愛でた水鳥が群をなしたさまを、「若草の夫の念ふ鳥」と詠っているのだ。先の「大君の御寿」とは違った天智へのひたぶるな追慕が瑞々しいまでにこめられている。

倭姫皇后の歌は、天智天皇の崩御を前後にしたものしか残されていないが、夫の命と引き換えに、万葉歌人倭姫皇后が誕生したといえよう。

『万葉集』にはまた、舎人吉年、石川夫人の挽歌と共に額田王の二首も収録されている。額田王の長歌は鏡の山近くの陵に天皇の遺体が埋葬されたあとの作である。倭姫皇后の挽歌のような女としての悲哀の情は隠されている。宮廷に歌をもって伝えた額田王の公的な場に於ける最後の長歌となった。額田王の置かれた場が、近江朝の大宮人になり代って天皇崩御を悼む儀礼的挽歌を作らせたのである。

世にいう壬申の乱が起きたのは、その六カ月後のことである。この戦乱を壬申の乱と呼ぶのは、乱の起きた六七二年が壬申《みずのえさる》の年にあたっていたからだ。額田王にとっては、娘までもうけた大海人皇子と、その娘の夫の大友皇子との戦いだった。戦いは近江軍の敗北に終り、大友皇子はみずから命を絶った。

壬申の乱の後、鏡王女や倭姫皇后はどのように生き存えたであろうか。倭姫の歿年は定かではないが、天智天皇との間に一子も恵まれなかったことがかえって幸いしたのではないかと思われる。鏡王女が亡くなったのは天武十二年（六八三）七月五日である。『日本書紀』には、天武天皇となった大海人皇子が危篤になったときに見舞った記事があり、「天皇幸《イデマシ》二鏡姫王之家《ニ》一、訊《トヒタマフ》レ病《ヲ》」とあってその死が伝えられている。その昔、大海人皇子が兄の天智天皇の怒りをかったとき鎌足が必死に諫めたことがあったからである。

奈良県桜井市忍阪の山ふところに抱かれた段々畑の一角に鏡王女の墓がある。女としての人生を二度生きることで幸福を掌中にしたのが鏡王女だったろう。

額田王にとって、おそらく生涯の悲傷事とも思える出来事が起きたのは、天武天皇七年（六七八）四月七日のことである。天武が天神地祇を祀るために倉梯の斎宮への行幸が行なわれる寸前、十市皇女が急逝した。埋葬に臨んで父の天武天皇は、「哀を発した」とあるからその悲しみは深かったと思われる。

『万葉集』は、晩年の額田王の歌を載せている。天武と大江皇女との間に生れた弓削皇子《ゆげのみこ》からの一首が届けられたときの返歌である。

古《いにしへ》に恋ふらむ鳥は霍公鳥《ほととぎす》けだしや鳴きしわが念《も》へる如（巻二・一一二）

額田王は生きのびることで、多くを見てしまった女性だった。大化改新、白村江の敗北、天智の死と壬申の乱。そして十市皇女や天武天皇の死も遠くから見届けている。晩年の額田王の胸裡をよぎったのはどのような古ごとであったろうか。天智も天武も健やかだったあの遥かな初夏の蒲生野ではなかったか。一面の紫野は、額田王にとって最後の華やかな舞台であったと思えるからである。

中皇命

西郷信綱

天皇遊㆓猟内野㆒之時、中皇命使㆓間人連老献㆒歌

やすみしし　わが大君の
朝《あした》には　とり撫でたまひ
夕《ゆふべ》には　い寄り立たしし
御《み》執《と》らしの　梓弓《あづさゆみ》の
長弭《ながはず》の　音すなり
朝獵《あさかり》に　今立たすらし
夕獵に　今立たすらし
御執らしの　梓弓の
長弭の　音すなり（巻一・三）

反歌

たまきはる　宇智《うち》の大野に
馬並《な》めて　朝踏《あさふ》ますらむ
その草深野《くさふかの》（巻一・四）

舒明天皇が宇智野に遊猟したとき、中皇命が間人連老をして献上させた歌であるが、中皇命《なかつすめらみこと》の誰であるかは、古来論議の的となっており、今日まだ決定したとはいえない。従来は、舒明天皇の皇女で、後に孝徳天皇の皇后になった間人《はしひと》皇后のこととされていたが、喜田貞吉氏「中天皇考」（万葉学論纂、所収）が、中皇命は女で帝位についたものをいうとして以来、それを舒明天皇の皇后、すなわち後の斉明天皇とする説が有力になり、今日に至っている。また喜田説をうけ折口氏は帝位につかずとも、天子と神とのあいだをとりつぐ女性を中皇命といったとし、平安朝の中宮のよび名の起源をここに求めている（古代研究）。しかし中皇命と間人連老《はしひとのむらじおゆ》との関係を、より自然に理解できる点では、旧説にもすてがたいものがあると思う。中皇命を間人皇后とよんだのは、すでに真淵のいっているように、乳母がたの姓をとったのであろう。文徳実録に「先朝之制、毎二皇子生一、以二乳母姓一為二之名一焉」とあり、間人連老がここに出てくるのも、中皇命の乳母がたの親しいものであったからだと推測される。新説では、この間人連老なる人物の出かたが偶然にすぎ、うきあがってしまう。それに舒明天皇の皇女を、中の皇女の意ではなく、神を媒介する巫女の位置にあるものと見、中皇命とよんだにしても、一向に不自然でないはずであった。

結局、旧説の修正案みたいなものになったが、中皇命が誰であるか決定せねばこの歌を鑑賞しえないというほどのものではないから、今は深いりしないでおく。最近では私注、評釈が旧説に従っている。

ところが、もう一つ厄介なことがある。実際の作者は中皇命が、間人連老か、という点である。万葉秀歌（茂吉）によると、諸注のうち、二説の分布状態は次のごとくである。中皇命作説（僻案抄・考・略解・灯・檜嬬手・美夫君志・新釈・講義）、間人連老作説（拾穂抄・代匠記・古義・攷証・新講・新解・評釈）。さらに補えば、秀歌・全釈・私注・評釈等が前説、全註釈が後説ということになる。私は前説のうち守部が、「皇女のよみ給ひし御歌を、老に口誦して、父天皇の御前にてうたはしめ給ふ也。今の心にて字《モジ》して記したるを、老に持せて献り給ひし如思ふめれど、此の間《ホド》未だ歌を筆記して人に贈る事はなし。彼の仁徳天皇の大御歌を、筒城宮に坐す皇后の御許に、口持臣して聞えしめ給ひしやうに、口に持しめて献り給ひし也。」（檜嬬手）といっているのに、とくに注目したい。反歌という新形式を採用していさえしなければ、すぐにもこの守部説に賛したいところであるが、しかしこの反歌の存在、ならびに、御歌となくただ歌と記されていること――それは他にも例がある故、決定的ではない――などから見て、間人連老の介入を全く排除するわけにもゆかぬのである。人麿のばあいにはこの介入者の地位が高まり、宮廷詩人としてずっと前面に出てくるわけで、その少し前の形態だと心得れば、不自然でなくうけとれよう。何れにせよ二者撰一に解くのは、近代的すぎる。老に何ら役割がなければ、その名の出てくるわけもなく、また中皇命が主座にあるから老をして献ぜしめたのである。老は孝徳紀に、遣唐使判官になったとある中臣間人連老と同人にちがいあるまい。

やすみしし　わが大君の
朝には　とり撫でたまひ
夕には　い寄り立たしし

この歌い出しの部分は、古事記歌謡の「やすみしし、わが大君の、朝門《と》には、い寄り立たし、夕門には、い寄り立たす、脇几《わきづき》が、下の、板にもが、吾兄《あせ》を」（雄略記）を踏襲しているのだが、しかし「朝門には」「夕門には」の大まかな歌謡的ないいまわしを、「朝には」「夕には」と純粋化し、「い寄り立たし」「い寄り立たす」の平板な反復を「とり撫でたまひ」「い寄り立たしし」と具体的にした効果は著しい。そこには、歌謡的なものから一歩出ようとする志向があり、リズムも内面化していると見ることができる。「わが大君」という主格も、本来身を凭せかけるべきものである脇几（脇息）によりたつよりは、弓を手にとってめで、その傍によりたつ方が、一そう主体的にはたらくのを否定できぬ。強い弓は脇息などに比べ、はるかにイメージにとんでおり、それを身体の延長であるかのようにわがものとして愛する人間とは、とにかく古代的な一定の人間像を感じさせるであろう。「やすみしし」は記紀時代から使われており、神婚儀礼にかんする語ではないかと思うが真義は不明で、ここも不明のまま枕詞的に使ったと見ていい。

御執らしの　梓弓の

長弭の　音すなり

言語の魔力といえばそれまでだが、弓の鳴る音がまるで耳もとにきこえてくるかのようなリズムである。かりに「音すなり」を「音きこゆ」といいかえても、その他「音きこゆなり」等さまざまにいいかえても、直ちに詩的調和は破れ、その音がきこえなくなるのに気づくはずである。「御執らしの、梓弓の、長弭の」と「の」no音をつみ重ね、それを「音」otoでうけとめ、「なり」と強く指定して段落せしめたのにもとづくらしい。普通の長歌構成なら五・七となるところを、「長弭の、音すなり」と五・五で突如止めている。五・七だと、意味の上で終止していても、音声の流れも自己運動的に次の五・七をよび起し、それへと連続してゆくのを防ぎきれないのであるが、「音すなり」と五音でうたいすてた強勢の終止は、音声上においても一の休止としてはたらく。しかも音声上のこの休止が、逆に弓絃の鳴る音を、というよりその音のみを集中的に躍動的にひびかせる否定的な力となっている。抑制と否定のもたらす一の高揚で、淀みなく流れてきた水流が、突如曲り目で瀬となって音を発し、その音だけがきこえるのに似ている。

その結果は、言語の表情的・擬声的使用によるのではなく、また個々の語によるのでもなく、それらが相交歓した総和としてのリズムの所産なのである。それは、言語と事物の本質が等価であり、言語を駆使することが事物そのものを駆使することであった。言語《コト》と事物《コト》との独自な原始的関係、すなわち言霊の伝統が詩的に純化され、高められることによってのみ達せられたものであると思う。このことは、初期万葉時代が詩の生産においてめぐまれた時代であり、まだ難産の世紀でなかった事実にも通ずるであろう。

ただ困るのは、「奈加弭」の訓が安定していないことである。一度よみくせができると、なかなか改めにくいもので、私は長弭説に従ったけれど、これにたいし中弭説も有力であり、さらに奈留《なる》弭、奈利《なり》弭の誤りとする説も古くからあり、最近では加奈弭＝金弭と見る意見もあり（吉永登氏「奈加弭考」）、『万葉――その異伝発生をめぐって』所収）、さらに私注は長弭という弓の名であろうとしている。私はこの語に強い弓というイメージをもたせたいし、それには清音の仮名「加」を濁音によむ難点はあるがやはり長弭説をすてがたいと考える。「御執らしの」は愛用されるもの、手におとりになるものの義、「梓弓」は梓の木で作った弓。

朝獵に　今立たすらし
夕獵に　今立たすらし

朝猟、夕猟という語は、今日ではほとんど使われぬが、万葉時代にはよく使われていた。いったい万葉時代には朝何々、夕何々という語が、自在に使われていたと思われる。朝にかんしていえば、今もある朝風、朝霞などの外、朝川、朝影、朝戸、朝床、朝戸出、朝鳥、朝庭、朝宮等があった。朝猟もその一つ。しかもきわめて新鮮な語感をになっている。そして「朝猟に……夕猟に……」という急調子の飛躍が、一のひろがりある動の世界を想像的に現前せしめ、ここで弓絃の鳴るひびきは、狩猟へと出でたとうとする諸人のどよめきに変ずるといいうる。「音すなり」の休止、それを土台にしたこの飛躍の見ごとさにも、私は当時がまだ詩的世紀であったしるしを見る。

ところがこの対句は、理解のしかたいかんによっては、問題をはらんでいる。武田祐吉氏は次のように批評する。「朝と夕と異る時間を一首中に並立させ、しかもそれを、今立タスラシと受けたのは、その今がいずれの時であるかをあきらかにすることができない欠点がある。」(全註釈) これは、この作が「歌いものの正統」であり、「猟場で歌いあげられたもの」という理解においてなされた指摘である。異なる時間の並存に疑をさしはさもうとしなかった従来の諸説に比べこの指摘は注目すべきものなのであるが、しかし果してこれは歌謡であろうか、また猟場での作であろうか。

さらに石母田正氏は、「初期万葉とその背景」(万葉集大成、五) というすぐれた論文で、この「対句は本質的な破綻であり、分裂である。」として、その理由を、作者が「狩猟に出で立つ集団とその雰囲気のなかに身をおいているのでなくして、あくまで、それを傍観者従者として歌っている」こと、つまり「作者の精神の充実の不足」——それは「皇后の命によって舒明天皇に献げられた歌であることと無関係ではない」のだが——に求めている。氏はこの歌を古い伝承歌謡だとする説を反駁しつつこういっているのだが、その限りでは私も賛成である。この歌が歌謡を基礎にもつのは否定しえないにしても、それがもはやたんなる歌謡でなく、歌謡以上のものであることは、そのリズムからしても、「強い事物把握の精神」（私注）からしても明瞭だといわねばならぬ。私も以上、これが歌謡でないという立場から批評してきたのであるが、だが果してこの対句は、「本質的破綻」「分裂」であると処理できるのであろうか。そこで、作者の立っている位置、作品の性格をもっと明確に見きわめる必要が生じる。

作者の位置、作品の作られた条件につき、だいたい次の三つのばあいが予想される。一、宮廷から猟に出で立とうとするときの作とするもの（古義、その他）、二、後宮から猟場に献上したとするもの（美夫君志、その他）、三、宇智野の行宮での作とするもの（新考、その他）。このうち第三説が通説になりつつあるが、しかし古義その他のいう第一の説に従うべきではないか。それも古義のとくようにたんに弓をとりしらべるというより、猟に出で立とうと、弓弭をうち鳴らす儀礼があり、しかもナカツスメラミコトなる尊貴の女性が、そのさい歌を以て寿《ほ》ぐならいがあったのではないか（参照、評釈）。「中皇命往二于紀温泉一之御歌」の中皇命が果して同人であるかどうかは別としても、その第一首「君が代も我が代も知るや岩代の岡の草根をいざ結びてな」（一・一〇）が、やはり祝福の歌である事実は注目しなければなるまい。むろんこれらは、たんなる儀礼的な作である以上に、もっとパーソナルな親愛感を以てうたわれているのではあるけれど、しかし両者を通じ作者が尊貴な女性、つまり巫女的な役を果す女性であるべき必然性は、やはり存したものと考えられないだろうか。

もし以上の推測が正しいとすれば、「朝猟に、今立たすらし、夕猟に、今立たすらし」は、宇智野において「朝猟に、今」立ち、また「夕猟に、今」立つのではなくて、弓絃を鳴らし宇智野での狩猟そのものへと宮廷を「今」立つのであり、従ってそれを「朝猟に、今立たすらし、夕猟に、今立たすらし」と対句で大きくうたうのは、おかしくないばかりか、きわめて自然である。作者もやがて宇智野に同行したに相違ないのだが、ここでは宇智野も朝猟夕猟も、すべてみな、心像の世界においてとらえられており、まだ眼前の経験とはなっていないのだ。そう考えてはじめて、反歌の発想をも統一的に理解することができるだろう。あらゆる誤解は、詩的心像であるものを経験にひきもどし、「今」を宇智野で朝猟に出で立たんとする「今」であると見るに根ざしている。「今」は長弭の音のひびいてくる「今」であり、宇智野に向って宮廷を出発せんとする「今」であり、そして反歌で「朝踏ますらむその草深野」といったのは、とくに朝を、やはり詩的心像としてとり出してうたったにすぎぬ。それをもとに長歌の「今」を宇智野での朝とし、「夕猟に、今立たすらし」は虚辞であるなどとする多くの注釈は、詩の本質を全くわきまえぬものといわざるをえない。土屋文明氏の「朝夕の猟を一度に見るごとくで通俗理論には合わないのであるが、……詩的現実である。」（私注）の説も、「今」をあやまり、経験と詩的現実との相関関係が明らかにされていないため、結局いいのがれになっていると思う。もし経験を指摘するとすれば、弓弭を鳴らす出でたちの儀礼がそれにあたるわけで、「詩的現実」への飛躍も、ここを土台にとげられているのである。作品を支える経験の質の今日とのちがい、これをこの歌のもつ古代性とよんでもいい。

さて最後にふたたび
御執らしの　梓弓の
長弭の　音すなり

とくりかえしている。反復は古い歌謡においてもっとも愛用された手法であり、もとをただせば、魔術における呪文のくりかえしに発する。これが今日まで、詩や歌における強調部分、内面の思慕や悲哀や歓喜を強く訴える手法として転用、踏襲されてきているわけだが、この作におけるこの反復も、作者の関心がいかに弓弭のひびきに集中されていたかを示す。そしてそれは、前述した、弓絃を鳴らす儀礼の存在をおもわせるに足るであろう。だが同時にそれが、弓の持主にたいする作者の、よそよそしからぬパーソナルな愛情の表現でもあるという点に、この部分の声調の感度の高さの秘密はかくされているらしく思われる。作者を間人連老なりと断ずることに、私は一種の抵抗をおぼえずにいられない。作詩の主座にいて発想を規定しているのは、どうしてもやはり、舒明親近のナカツスメラミコトなる女性でないであろうか。

たまきはる　宇智の大野に
馬並めて　朝踏ますらむ
その草深野

中皇命

「たまきはる」は、内、命、世などにかかる枕詞、語義は不明だが、この枕詞は、他の言葉でおきかえる余地をのこさぬ一つの絶対的役割を、リズムの上で果している。古代詩の修辞法の一つである枕詞の機能は、もっと積極的に考えられねばならぬ。土地の魂を寓らせる呪的なものとして発生した枕詞は（参照、折口信夫氏『日本文学の発生序説』）、やがて寿命をとげ形骸となるのであるが、それが有効な芸術的約束としてはたらいた一時期があり、そのときそれは詩的世界へとわれわれを一挙にひき入れる機能を発揮したのではないか。ここも「たまきはる」のリズムが、広漠たる宇智の大野をよび起して来る。私は思いつきをいっているのではなく、茂吉の「短歌や俳句やは、約束的に限定せられた、短い形式の抒情詩であるから、意味のうえにも声調のうえにも、緊密に融合して、無くてかなわぬもののみを具備していなければならぬのである。そうであるから、枕詞のような、序詞のような、一見無駄な贅物のようなものでも、渾一体の中の欠くべからざる要素として役立つこととなるのである。」（作歌実語抄）。「この枕詞は、万葉時代の人々でも語原的にはもはや不明であったようにおもわれる。それでも彼等は約束に随順して、迷うことなく、自在にそれを使っているのが、後代の作者たる私等には暗指的に働きかけるのである。」（短歌初学門）等のことばを、やや理論的にいい直そうとしているわけで、詳しくは拙稿「枕詞について」（季節、九号）を参照していただきたい。

宇智野は、大和国宇智郡にある原野、おそらく宮廷の猟場があったのだろうと思われる。「馬並

めて」は、あまたの馬を並べての意、原文は「馬数而」とある。人麿も

日並みしの　皇子《みこ》の命《みこと》の　馬並めて　御獵立たしし　時は来向ふ（巻一・四九）

と、この句をうけてよんでいる。「朝踏ますらむ」の踏むは、草むらにひそむ鳥獣をふみたてる意をもつと見たい。この簡潔な二句によって、猟場の活潑な光景や雰囲気が、大きく具象的に浮びあがってくる。草原と限らぬが、たてがみを靡かせながら馬たちの駈ける勢いには、動のリズムの極致といいたい一種特別な魅力の感じられるものだが、「馬並めて朝踏ますらむその草深野」は、簡潔な表現ながら、そういう群馬の姿をあざやかに視覚化している。右にあげた人麿の歌、さらに赤人の「朝猟に、鹿猪《しし》ふみ起し、夕狩に、鳥ふみ立て、馬並めて、御猟ぞ立たす、春の茂野に」（六・九二六）となるにつれ、漸次この新鮮な動的ヴィジョンは薄れ、消えさってゆく。とくに赤人の歌からは、言葉を多く費しているにかかわらず、ほとんど生き生きしたヴィジョンが伝わってこない。これは、「馬並めて……」とはじめてうたったとき発見された感覚の新鮮な現実性が、漸次生命力をうしない、弛緩し、鋳型と化してゆく過程を示す。赤人のこの歌にあるのは、過去のことばの平板なとりあわせにすぎず、まるきり新しい詩的発見とことば、茂吉のいわゆる「処女性」がなくなっている。

断定する自信はないけれど、初期万葉時代は、日本の詩の歴史の上で、詩語がもっとも自由に開花し、創造され、柔軟な感覚性と堅固な造型性とをもっていた時代ではないかと推測される。散文

の歴史において、伊勢物語から源氏物語にかけての時代が、粘着力と密度にとむ散文を創造したのに対比されるのではないかと思う。

ともあれ、「馬並めて」は「馬」と「並めて」を結合した新造語であるらしく、「朝踏む」もまたそうであるらしい。朝何々と続く名詞は、長歌の朝猟の語にそくしていっておいたが、動詞と結合する例は、「朝鳥の、朝立ち行けば」とか、「朝こぎ来れば」とか、「朝嘆く君」とか、「夕渡り来て」とか、「夕居る雲」とかあり、「朝踏む」と続いた例はこれが唯一つだが、「こうした自在な言葉づかいによって万葉の歌は生彩をはなって」（沢瀉久孝氏『万葉集講話—菜摘みの巻—』）いることは、とくに初期万葉時代において顕著な事実であったといいうる。「朝猟」がそうであったごとく、「朝踏ますらむ」も新鮮なひびきをもっており、また結句の「草深野」も、同様に当時の簡潔な造語法の特色を示すもので、「草深き野」というべきところを、活用語尾を省いて一語につづめたのである（沢瀉氏、同上）。

詩の新しい開花期は、日常語のなかから詩のことばが自由に発見され、創造された時代でもあったはずで、芭蕉は俗語を正すといっている。初期万葉のころでも、日常語では「草深き野」とはいっても「草深野」とはいわなかったであろうし、また「朝踏む」ともいわなかったであろう。国語学者の説によれば、「寝《ぬ》る夜」、「秋山」、「春野」、「朝川渡る」、「夕浪千鳥」等、初期万葉に近いころのことばも詩語であっただろうということだが（参照、佐伯梅友氏『奈良時代の国語』）、だから単純に万葉集は日常語でよんだ歌だと考えてはならぬ。第一、枕詞や序詞が日常語で用いられていたはずもないし、詩の歴史的源ともいうべき、原始人の呪文もすでに日常語でなかったのである。初期万葉時代の特色は、存在と意識や感性とのあいだにまだ深い裂け目がなく、意識や感性が鋳型にはまらず、生地のままの存在をかなり自在につかみとることができた点、いいかえれば、さきにもふれたが、言《こと》を駆使することが事《こと》を駆使することであった呪術の伝統、そのなかでかなり自在に日常語を詩語に高め、そうすることで新しいことばの創造と発見をなしえた点にあると思う。「万葉の歌人は造句の工夫に意を用ゐし故に面白く、後世の歌人は造句を工夫せずして寧ろ古句を襲用するを喜びし故に衰へたり」(子規、万葉集を読む)。意識や感性が、階級分化の課する新しい矛盾や複雑化、あるいは解体にさからい、それらをうちくだき、ぬかるみをこえて存在に到達せねばならなくなるとき、詩の難産の世紀ははじまる。その時期を人麿に見るか、憶良に見るか、貫之に見るか、新古今に見るか、それとも現代詩に見るかは、限定さえつければ、それぞれ正しさをもつであろう。ただそのさいわれわれは、ある時期を評準にするのではなく、詩と散文や科学との相対関係の変化、それに応ずる詩的戦術の推移を歴史的にとらえねばならぬ。

さて「朝踏ますらむその草深野」の第四句と結句が、切れているか否かにつき、古径(三)などに詳しい調査があるが、所詮「文法的には一応切れて居ると云えるであろう。然し意味の上では接続して居るし、情緒の上でも切れたようなつづいて居るようなこの表現に、この歌のすぐれた声調がある」(久松潜一氏、創元社、万葉集講座第一巻)というあたりに落ちつこう。「その草深野」は上の「宇智の大野」を具象的に視覚化したものであり、「その」の指定には、かなり強い情感がこめられている。

しかしここで大事なのは、「草深野」につき代匠記（精）に、「草深キ野ニハ鹿ヤ鳥ナドノ多ケレバ、宇智野ヲホメテ再云也」とある点である。私は長歌に猟を祝福する儀礼の要素を見たのであるが、反歌においてもその心意は、宇智野をほめて「その草深野」と表現した点にあらわれている。「朝踏ますらむ」とあるから歌を朝猟のさい作ったとし、「今ごろは」（秀歌）の意にとるのがまちがいであるのは、前にいった。「らむ」という推量は、作者が朝猟の行われている現場にいず傍観的に外部から想っているのではなく、やがて行われるであろう宇智野での狩猟を、それ以前の時点で未来的に祝福し、希求し、想像しているのであり、朝猟がとり出されたのも、猟そのものの象徴としてであったにほかならぬ。額田王が天智天皇の近江の蒲生野の遊猟に同行したごとくに、中皇命なる女性も宇智野に同行するはずになっていたであろうし、だからこそまた、このように力強い表現を獲得できたのである。猟以前の時点の作であっても、作者の気ぐみはこれにみずから加わろうとしており、明らかにその内部にいるということができる。短歌でありながら、かくも大きな景をうたうことができたのも、やはりそれが経験をこえた、《写生》以上の写生、つまり真のリアリズムであったからだ。天智の蒲生野遊猟と同じく、これは夏五月の薬猟であったと思われる（全註釈）。

反歌が長歌より、事物にたいする深い認識をもち、新しい声調をもっているのは否定できない。けれども諸家の説くように、長歌を伝承歌謡なりと断ずるのは、明らかに鑑賞の狂いである。前の舒明天皇の国見の歌と「夕されば」の短歌とのあいだにも、また斉明天皇（？）の、「神代より、生れつぎ来れば、人さはに、……」（四・四八五）の長歌と、その反歌「山の端にあぢ群《むら》騒ぎ行くなれど吾はさぶしゑ君にしあらねば」とのあいだにも、同様の不均衡が見出されるわけで、この事実によって、長歌を伝承歌謡なりと直ちに断ずるのは性急であろう。この歌における長・反歌の関係は、巻十三の歌における長・反歌の、編者の手の加わった恣意な関係とはいささかちがい、以上の分析が示すように、両者の発想はまことに自然に統一的に理解できるのである。しかも不均衡が存するのは、長歌と短歌の機能、用途の歴史差にもとづくとされねばなるまい。舞踏や物語、あるいは儀礼を背負いつつ叙事的なものとして伝わってきた長歌にくらべ、短歌はより速かに、より自由に自己伝達の抒情形式として成熟することができたのであった。

恋の奴《やつこ》

田辺聖子

天武天皇の子女たち——十人の皇子、七人の皇女にはそれぞれ魅力があってつきぬ興味をおぼえさせられますが、その中でも私は、但馬皇女《たじまのひめみこ》という人が好きなのです。

この皇女の事蹟《じせき》は何ひとつわかりません。たとえばあの美しい愛の歌、愛弟・大津皇子《おおつのみこ》とのあいだの情感を愛と哀《かな》しみをこめて歌った大伯皇女《おおくのひめみこ》ほどには知られていない人です。ただ、天武天皇の皇女、としてその名をとどめられているにすぎないのです。

けれども、「萬葉集」にある、彼女の数首の歌が、彼女の生涯のアウトラインと、愛のすべてを示唆しています。それは史書の千行にもまして、千三百年のちに生きている私たちに彼女のいのちを感じさせるのです。重くたしかな手ごたえで、その実在感をもたらすのです。

皇女の母君は、藤原鎌足の娘で、氷上娘《ひかみのいらつめ》といいました。氷上娘は若くして身まかったので、皇女はまだ、いとけない少女の頃に母をうしなった、さびしい生い立ちでした。

しかし、幸い、世は平穏な、華やかな時代に入っていました。たぶん壬申《じんしん》の乱は、皇女が生まれたか生まれぬかの頃に終っていたのでしょう。物心ついた皇女が見た父みかど、天武の宮廷、飛鳥《あすかの》浄御《きよみ》原《はら》の宮は、活気にあふれ、華やかに栄えていました。世は平らぎ、民草《たみくさ》はふえ、英明の君主のもとに、倭《やまと》の国原にはさかんな発展途上のエネルギイがみちみちていたのです。

けれども、母の亡い皇女は、この華やかな宮廷のかげでひっそりと咲く、人に知られぬ小さな花でした。のちに持統女帝となった皇后の権力も強かったのでしょう。一見華やかでありながら、裏には策謀と暗闘のうずまく宮廷でした。母君の庇護《ひご》と愛をもたない皇女は、みたされない思いを抱きながら、政争の圏外でひそやかに乙女となっていったことでしょう。

天武十三年、天皇はついに崩御、間髪《かんはつ》をいれず、疾風のごときクーデターを敢行して皇后は、わが所生の皇太子・草壁《くさかべ》の宿敵、大津皇子を斃《たお》し、皇位継承権を自分の手に確実におさめます。彼女は即位して持統女帝となり、愛児・草壁を摂政にしました。大津皇子の実姉・大伯皇女が、伊勢の斎宮《いつきのみや》を解任されて都へ還ってきたのはそのころです。彼女を迎えたのは、非命に斃れた愛弟・大津を葬った二上《ふたがみ》山の塚でした。大伯は涙ながらに歌います。

神風《かむかぜ》の伊勢の国にも在らましを何しか来けむ君もあらなくに

人々はこの歌を聞いてみな泣きました。大津皇子は才気にあふれたけだかい心の皇子でしたから、世の人々に深く愛されていたのです。

しかし、女帝が、大津を殺してまで守った草壁皇子は三年ののち、わずか二十八歳の若さで、はかなく世を去ってしまいます。運命のふしぎさ、このあたりが、はるかのちの世に読む歴史の面白さです。

誰が、かがやく日並皇子《ひなみしのみこ》（草壁皇子）の早世を予知し得たでしょうか。持統女帝にとっては足もとの崩れるような衝撃だったにちがいありません。しかし彼女は心をとり直し、生来の剛毅《ごうき》な気性と、父帝・天智ゆずりの冷徹犀利《さいり》な判断力で、からくも立ち直ります。いま女帝は、ここで挫折《ざせつ》してはならないのです。こんどは、草壁皇子の遺児、軽皇子《かるのみこ》に位をゆずるまでは持ちこたえねばなりません。彼女は、夫・天武の皇子たちのうち、最年長の高市皇子《たけちのみこ》を太政大臣《だいじょう》に任じ、あたらしい国家の体裁をととのえ、再出発をはかろうとします。

ときに高市皇子は三十七、八歳、おそらく四十近かったのではないでしょうか。その彼が、宮廷の片隅で、ひそかに花ひらいた、年わかい佳人を見染め、恋におち、やがて妃に迎えました。まだ十七、八の皇女、それが但馬皇女だったのです。

高市は天武天皇の長子でした。壬申の乱のときには十九歳の颯爽《さっそう》たる青年皇子、他の皇子はまだ幼なくてたのむに足らず、父、天武はいかに高市をたよりにしたことでしょう。

高市もまた、父の期待にこたえ、その片腕として一方の将として、目ざましく奮戦し、近江《おうみ》軍を花々しくうち破って、ついに壬申の乱を勝利にみちびきました。彼は父ゆずりの慎重で果敢な性質をもつ、すぐれた武人だったのです。

けれど、それほど大功のある彼も、乱平定後は、ひっそくして世を過しました。長子とはいえ、生母の生れの卑しい彼は、当時の慣習上、皇太子にはなれないのです。自分よりはるか年少の草壁や大津の下風に甘んじて隠忍していなければならなかったのです。しかし何が幸せするかわからぬもので、却《かえ》ってそのことが、彼をして生を完《まっと》うせしめるのに好都合となりました。おそらく彼が大津ほど、人目をそばだてる才気と、高い地位身分をもっていれば、持統女帝に危険視されたでしょうし、大津同様の悲運に見舞われたかもしれません。

もしかしたら、高市はすべてそれらを見抜き、じっと手を拱《こまぬ》いて、世の推移をみつめつづけていたのかもしれません。彼が壬申の乱後、史書の表面に出てこないということは、つまり彼が、いかに、生きのびる才能に恵まれていたかということかも知れない。無能で鈍感だから隠遁《いんとん》していたのではなく、世を見、人を見、自分を知悉《ちしつ》していて黙していたのではありますまいか。

やがて時期がめぐって来ました。大津が斃され、草壁も死に、持統女帝は幼ない孫皇子をかかえた自分を輔佐《ほさ》してくれる人として高市をねんごろに迎えたのです。

年を加え、敦厚《とんこう》にして慎重な高市の人となりは、太政大臣として女帝の都、藤原宮の宮廷に重い地位を保ち、世のしずめ、国の固めとなるべき人だったにちがいありません。

但馬皇女からみた夫・高市は、まさにその通り、重々しく完成した、一つの歴史そのもののような存在だったでしょう。皇女は高市の愛を、どのようにして受けとめたのでしょうか。あまりにも完成され、あまりにも立派すぎる、荘重な年上の夫は、皇女にとって父に代るべき保護者のような印象だったのかも知れません。高市の愛は、皇女にはほとんど理解しがたい、当惑にちかいものだったかもしれないのです。

高市は二人の愛の色合の違いを、きっと看破していたことでしょう。このぶこつな武人は、一面、秘めたやさしさと、なみなみならぬ聡明な、鋭敏な知性をもっているのです。けっして武辺一辺倒の男性ではないのです。

彼は若い美しい妃を、情熱を傾けて愛しました。私は中年の人生に激情などおとずれるはずはないと確信している、さかしらな人々を悲しく思います。それから、人生中歳にして道をふみ迷う人を嘲《あざ》ける、世のさかしらな風潮をも心浅いことに思うものです。

高市の熱情はきっと、若者の恋よりも強く純粋で、いちずに燃えたことでしょう。

ただ、若者の恋とちがう点は、烈しく燃えながらも、状況を判断する理性の目がくもっていないことです。高市は恋のために盲目になる年齢でも、性格でもありませんでした。この物静かで凜乎《りんこ》とした中年男は、自分の皇女に対する思いと、皇女が自分に対する思いとは、別のものだと知っていました。

しかし、その理性や判断が何の役に立ちましょう? それはよけい、高市を苦しめ、絶望させるだけでした。

絶望し、思い直し、高市はそれでも彼なりのやり方で妃を愛しつづけてゆくほかはありません。

皇女はまだ稚《おさな》いといっていいほどわかく、世をも人をも知りませんでした。彼女は男といえば、年たけた夫の高市しか知らないわけです。高市の胸に抱かれるとき、さながら父のふところにはぐくまれるような安らぎがあって、無心な童女のように、寄りすがったのです。それは、女の、男に対する愛ではありませんでした。

高市の言葉は神託のように皇女には重々しく聞え、高市の意志は神意のように、あらがいがたい力にみちて皇女を圧倒しました。ほんとうは、やさしさの極みである愛のいろんな動作すら、皇女にはある種の運命のような感じで受け入れるのでした。皇女は幸福でもなく、不幸でもなく、ただ、無智だったのです。

恋の何たるかも知らず、男と女の愛の何たるかも知らず、まして夫の高市が、いかに絶望的な愛で、彼女を恋しているかも知らなかったのです。高市はどんなにか、それを知らせたいと思ったことでしょう。

皇女が真に人間らしい恋をおぼえること、そしてその対象が夫の高市であってくれることを、どんなにか願わしく思ったことでしょう。しかし皇女の心はまだ深く眠っていて、かたいつぼみは開くようにもみえませんでした。高市は――彼らしく慎重に、あせらずに、忍耐づよく待ちました。皇女が身も心も花ひらき、高市とのあいだの、男と女の恋に目ざめ、あたらしい次元の愛の世界へ二人で手をとってはいってゆける、そのよろこびの日を。

しかしそれは、忍耐のいるたのしみであるとともに、薄氷をふむような愛の生活でした。高市はおとなの経験で、皇女ぐらいの年ごろのあやういときめきを知っていました。わかい女の心はつねにたゆたい、流れ、一刻は一刻とうつり変ってゆきます——果然、悲劇は起きました。高市の危惧《きぐ》は適中したのです。

いつ、どうしてかは、つまびらかではありません。恋に理由や原因があり得ましょうか。但馬皇女は、穂積皇子《ほづみのみこ》という青年に恋してしまったのです。

穂積皇子も天武天皇の皇子ですが、壬申の乱を知らぬ世代、つまり戦無派という点では但馬皇女と同じなのです。戦争を知らない子供たちだったのです。

但馬皇女は、はじめて恋を知りました。——あの、恋人の一つのしぐさ、一ことの言葉にがっかりしたり有頂天になったりし、恋人の姿がちらと見えたら心が熱くなり目が眩《くら》む、ほとんど苦しいとさえいえる歓喜、目ざとくなり、あたまはとぎすまされ、恋人の動きばかりに心は敏感にふるえ、昼も夜も、面影がまなかいからはなれず……、そういう恋のくるしみ、恋のよろこびを知ってしまったのです。

そして穂積皇子のよろこびも、皇女に負けぬ烈しいものでした。自分があの人を愛していることをあの人は知ったばかりか、あの人も自分を愛していると、ひそかにことづててよこした。自分と同じようにあの人も恋しているといった。あの佳《よ》き人の美しい唇からもれる言葉は、まさしく自分を愛していると誓った。若い穂積は狂うような恋のよろこびに目がくらんで、自分が如何《いか》に重大な人生の危機に立っているか、わからないのです。

権勢ならびなき廟堂《びょうどう》の第一人者の高市が、若い妃を掌中の珠のようにいつくしんでいることは、誰知らぬ者もないのです。その人をひそかにぬすむ、というおそろしい所業。もしことが発覚したら、穂積の生涯は破滅してしまうでしょう。自分ばかりでなく、愛するこの女人をも破滅の道づれにしてしまうのです。
それでも青年は引き返すことは出来ません。若い恋人たちはついに、人目を忍んで愛の一夜をもつのです。

秋の田の穂向《ほむき》の寄れること寄りに君に寄りなな事痛《こちた》かりとも

有名な但馬皇女の歌です。（秋の田の穂波が、風になびいてそろって同じ向きによるように、わたくしもひたすら、あなたによりすがっていることにきめたわ。どんなに世間のうわさがひどかろうとも、わたくしの心は変らないわ）
白々と明るんでゆく夜あけの窓をみながら、皇女は男のゆびに自分のゆびをからませて誓うのです。皇女のいろどり美しい領巾《ひれ》や、青年の佩刀《はいとう》が散乱している床の上で、恋人たちは、絶望感に裏打ちされたような辛い、はげしい愛を交しました。
若さは不器用な、つたないものです。彼らは恋を包みかくすにはあまりに正直すぎ、純真すぎました。二人はたちまちにして世の指弾と非難の嵐に包まれました。
もはや穂積は、責めるような人の目と、そしてまた監視を破って、皇女に会いにゆくことは困難です。

皇女のほうはもとよりのことでした。恋人たちはへだてられて、なお心をこがし、身もだえし、身も世もあらず恋に狂います。それは皇女に大胆な勇気を与えました。

人言を繁み言痛《こちた》み己《おの》が世にいまだ渡らぬ朝川渡る

(世間のうわさがかしましいので、わたくしは生まれてまだ一度も経験していないような、朝の川を渡ることまでしました)

朝川渡る、はいろいろに考えられますが、文字通りうけとると、いっそう切実です。穂積は無鉄砲な恋人が、いかに可愛いく、いじらしかったことか。

このトリスタンとイゾルデは、やはりその仲を割《さ》かれずにはいられませんでした。たぶん謀略によるでしょう、穂積皇子は、近江に追われました。

後《おく》れ居て恋ひつつあらずは追い及《し》かむ道の隈回《くまみ》に標結《しめゆ》へわが夫《せ》

(ああ穂積。あなたのあとへひとり残されて恋いこがれて苦しむよりは、わたくしもあなたのあとを追ってゆきたいわ。どうか道のまがりかどに、めじるしの道しるべをつけておいてちょうだい)

皇女は苦しんでいました。生まれてはじめての恋、最初で最後の恋でした。はじめて男を愛するというのはどういうことか、男と女のあいだの恋の何たるかを知ったのです。恋人と会えぬこと、道ならぬ恋の何たるかを知ったのです。皇女は、夫・高市の望まなかったいきさつを経て、おとなに成長していたのでした。

皇女の苦しみを、夫の高市皇子も複雑な苦しみで以《もっ》て察することができました。高市は心のこまやかな、デリケートな男でした。蕪雑《ぶざつ》なだけの中年男ではないのです。

彼には、若い日の烈しい恋の思い出もありました。ずっと昔、青年の日、彼は十市皇女《とおちのひめみこ》という女人を恋したことがありました。十市は有名な額田女王《ぬかたのおおきみ》と天武天皇のあいだにできた皇女で、大友皇子《おおとものみこ》の妃でした。壬申の乱では、夫と父がたがいに敵対する皮肉な運命に遭遇しました。夫が父のために敗れ、自決したあと、十市もいくばくもなくして自殺しました。

高市はその薄幸な佳人を愛していたのです。しかも、人知れず――。

そんな記憶のある彼には、充分、若い二人の恋に同情がもてました。彼は穂積の盲目的な、無思慮な行動も、皇女の無鉄砲な、はらはらするような苦しみも、理解できるのです。高市は無体に二人の仲を裂き、穂積に報復を加える気にはなれないのです。

かといって、二人を許すには、高市の身分が重くて、世人の注視をあつめすぎてしまいました。それに、彼はやはり、但馬皇女を愛して未練があり、手離す気にはなれないのでした。

高市は苦しみました。この抜け出しようのない煩悩地獄。三人が三人とも苦しんで、何ひとつ、その苦しみが解決への力とならないのです。年齢《とし》たけた高市が、やはり事態を収拾する、いちばんの責任者だったのでしょうが、また高市の苦しみは一ばん底深かったのです。

（それにしても――）

と高市は思わずにはいられない、太い吐息とともに。

(穂積といい、但馬といい、何という若い世代だろう。あの壬申の乱さえ知らない世代なのだ。自分にとっては、つい昨日のことのようだのに……天に連なる戦塵《せんじん》。ひるがえる味方の赤旗。兵士の喚声。槍。矛《ほこ》。剣のひらめき。とどろく馬のひづめ……自分は力いっぱい戦った。十九だった、命を賭《か》け、青春を賭けた。おれの青春はあそこで使い果した。そしてやっと得た勝利、父は皇位をふみ、民草は歓喜して迎えた。ああ、命の一滴まであのとき傾けつくした……それからいろんな運命を見た。非命に斃《たお》れた皇子も重臣もたくさん見た。しかしおれは戦って、ここまでやって来た。槍や矛をもたぬ、暗黙のうちの政争やかけ引きは、実戦よりもっとつらいものだった。おそろしい苦闘の歴史だった。そしておれは生きのびた)

その長い歴史。重く厚く、にがい人生。その値打ちを知り、それを尊重し、共感してくれる力は、若い但馬皇女にはあるまい。高市はおとなの分別で、それを知っていました。

彼は皇女を責める気持はありませんでしたが、人生の厚みを理解してもらえぬことが、このすぐれた武人政治家である高市を苦しめました。

苦しみ、なやみながら、しかし事は急転直下、意外な方向で、ピリオドを打たれてしまいます。高市は急死したのです。朝野《ちょうや》の深い嘆きのうちに、四十三歳で、太政大臣・高市皇子は急逝《きゅうせい》したのです。

高市が亡きいまは、かえって皇女は穂積と会いがたくなります。

戦無派の子供たちだった皇女と穂積皇子の上にも、おとなの社会の憂愁のベールがおちて来て、うれい多い、影ふかい人生になってしまいます。

もはや二人をさえぎるものはないのに、目に見えぬ垣はたかくなりました。恋慕の情はいやまさりつつも、かえってあうのにためらいがあり、心をこがすのみのままならぬ人生になりました。

そのうち、やがてほどなく、皇女も病いを得、その母に似て若くして世を去ってしまいます。穂積ひとり、生き残ったのです。

(ああ、こんなに若いのに、おれはもう、百歳になったほども年をとった気がする!)

穂積は悲鳴にちかい思いで、絶叫したことでしょう。

(但馬よ、わが思いびとよ。おまえは、おれの生涯をそっくり、夜見《よみ》の国へ持ち去ってしまったのだ!)

自分の人生は、あとは余生ではないかと、彼は思いました。どうやって生きていったらいいのかわからない、彼はそう思いました。彼の悲しみの歌が「萬葉集」にのせられています。冬の雪のふる日、はるかに皇女の墓をみやって悲傷流涕《りゆうてい》して作った、とあります。

降る雪は多《あは》にな降りそ吉隠《よなばり》の猪養《ゐかひ》の岡の寒からまくに

(よき人のねむる猪養の岡が寒かろうではないか。雪よ、降りつもるな、かのよき人の墓の上に)

穂積皇子の歌はみな近代的で美しい、一級の芸術作品です。「今朝の朝明《あさけ》　雁《かり》が音《ね》きつ春日山　黄葉《もみぢ》にけらし　わが情《こころ》いたし」など、私は好きです。穂積はもののあわれを知る、すぐれた青年だったと見えます。

ところで、穂積は、どんな中年男《おとな》になったのでしょうか。

われわれとしては、この薄幸な恋を経験した青年の、以後の人生が知りたいと思うものです。穂積もまた、最後には政界の表面に浮き上って、政治家として活躍しますが、そのことよりも、彼の人生の内面です。面白いところで、彼の名を発見するのです。

彼は大伴坂上郎女《おおとものさかのうえのいらつめ》を愛したと、あります。たぶん高市が但馬を愛したほどの年齢のひらきがあったでしょう。壮年の穂積は、年わかく才気煥発《かんぱつ》な女流歌人の郎女《いらつめ》を、どんなふうに愛したのでしょうか。私が思うに、郎女はおそらく、但馬のような世間しらずのおぼこな女人ではなく、充分、恋の味も知り、最初から男と女として対等の愛を交すことのできる、男と太刀打ちできる成熟した女として、穂積の前にあらわれたのだろうと思われます。

郎女は打てばひびくような女でした。そして男の値打ちをかなり見分け、知ることのできる女で、穂積を愛したのも彼女の心からのことと思われます。穂積はそんな郎女に満足し、愛をそそいだでしょう。

ある折に、ふと穂積は、昔の恋に口をすべらせます。

〈ああ、そのお話は、わたくしも噂《うわさ》だけきいたことがありましてよ〉

と郎女は、いくばくかの嫉妬《しっと》をおぼえつつ、夫であり恋人である穂積を見守ります。

〈まだ、わたくしがほんの子供のころだったけれど——どうか、くわしくお聞かせ下さいましな、そのかたは、どういうかたでいらしたの？〉

郎女は、かるい嫉《ねた》ましさと、かすかな憎しみを、昔、男の心を占めて死んでしまった女人に感じていたのです。しかし、穂積の話をきくうちに、妬《ねた》みも憎しみも、大きな感動にまきこまれて消えてしまいました。それほど皇女ののこした歌は、真率で純粋で、人の心をゆさぶるのです。郎女もまた、それを汲《く》みとり得るほど、心のゆたかな人間だからでした。

穂積は酔っていました。彼はしばし、昔の恋の思い出に心をとられているのでしょうか。

家にありし櫃《ひつ》に鏁《かぎ》さしをさめてし恋の奴《やつこ》のつかみかかりて

穂積は酔うといつもこの歌をうたいました。家の内ふかくカギをかけて櫃にしまいこんでおいた恋の奴が、つかみかかってきた。ユーモラスなうたいぶりの中に、自嘲《じちよう》的な悲痛がただよっています。恋の奴とは、いかにも、怪しい魔力を示唆するようで面白く、真実味のあるコトバです。

(あなた。あなたのまなかいに終生立ってはなれないのは、あの皇女さまのおもかげなのですね。あなたは、あのときの狂ったような愛執を、ご自分でも制御することがおできになれなかったような恋慕を、〈恋の奴〉とおよびになったのね?)

坂上郎女は、酔い伏した男をいたわるように手をのべつつ、心でそう問いかけていました。わかく美しい郎女は、穂積がかつて愛した貴婦人の但馬と同じほどの年ごろだったけれども、郎女のほうがぐんと情理《わけ》しりでした。彼女は恋人の昔の恋をやさしく抱擁し、思いやるほどの恋の手だれでもあったのです。

彼女は穂積皇子の歿後《ぼつご》、いろんな男と恋の遍歴をかさねました。しかし個性ゆたかで自我のある彼女は、どんな男のときのそれでも決してかりそめの、ゆきずりの恋ではなくて、ただ一人の女として、妻として、相手の男に愛されたのです。

何年かのち、（それは天平勝宝《てんぴょうしょうほう》のある年でしょうか？）彼女は兄の大伴旅人《おおとものたびと》の息子で、かつ、自分の愛娘《まなむすめ》の婿でもある、一人の青年に、昔がたりをしていました。穂積と、但馬の、わかい二人の悲恋も話しました。

〈ああ、それを萬葉集に採録しなければ〉

と男は目を輝かせていいました。

〈そういう歌を、私はさがし求めていたのです。拙《つたな》くとも真率な、人間の歌を。その歌は千年、いや二千年ののちまでも、人々の心を打ちますよ〉

男の名は、大伴家持《おおとものやかもち》といいました。

野守はみずや・春過ぎて夏来たるらし

馬場あき子

野守はみずや

あかねさす紫野行き標野《しめの》行き野守は見ずや君が袖振る

あまりにも有名な額田王《ぬかたのおおきみ》の歌である。「あかねさす」という枕詞《まくらことば》がもつ色彩的なイメージと、紫草の生うる紫野ということばの照応しあう美しさが、ことば以上に相聞《そうもん》の場の濃密な情のほてりを感じさせて効果的である。「紫野行き標野行き」という動的な繰返しは、またそのまま「野守は見ずや」の一句と微妙にひびきあい、「君が袖振る」という愛の合図を、不安な、秘めごとめいた心のおののきとともに感じさせる。

しかし、今日明らかにされているところによれば、この歌はそうした私的なものではなく、白日下の贈答儀礼として歌われたものとされている。

標野とは禁野のことで、近江蒲生野の薬草御料地であった。野守の管理のゆきわたったこの野において、毎年五月五日には薬草狩りが盛大に行なわれたのである。

当時、額田王は天智天皇の側近にあったが、すでに二十年以上の昔、十代の半ば過ぎに皇弟大海《おおあ》人皇《まのみ》子《こ》を父とする十市皇女《とおちのひめみこ》を生んでいた。その後、天智天皇に召されて久しいが、そこに子はなく、一方、大海人との情は決して消えることなく続いたというのも大方の見方である。大海人はこの歌に対して次の一首を返している。


紫のにほへる妹を憎くあらば人妻ゆゑにわれ恋ひめやも

「紫のにほへる妹」と形容された額田王の容姿への想像とともに、「人妻ゆゑに」という明晰な理によって自覚された立場と、その立場をあやうく踏みこえようとする大胆な意志のちからが、しんねりと重たく伝わる歌だ。しかしこれもまた、そうでないという見方もある。この大胆さは、公開の場であるゆえの大胆さなのであって、両者はもはや回復できないほど遠い昔日の情を、このように艶《えん》に心憎く照らしあってみせたのだというのだ。事実はまったく時間の累積の彼方にぶあつく埋もれているばかりだ。

たしかなことは、兄天智天皇のものに帰して久しい昔の思い妻に、この日大海人は大胆にも袖振りしてその情を伝え、「野守は見ずや」という額田の制止をはねかえして、さきの一首を贈ったということだ。額田の歌意がどう受け取られていたかは、むしろ明快な大海人の返歌によって知るべきかもしれない。たしかに、両者は晴れて相聞の歌を取りかわす立場にはなかったが、だからといって晴れの歌はすべて儀式で真情ではないと考える必要もないだろう。

『大織冠伝』はこの薬草狩りの後日譚として、同年天智天皇が催した大津の浜の高楼の酒宴で、大海人皇子は何事かの激情に堪えず長槍を床につき立てたというエピソードを伝えている。また、天智天皇と皇太弟大海人皇子との間にあった皇位継承問題に絡む不穏な感情のひだには、微妙に作用してこの額田王の存在があったとする見方がある。

こうした臆測は発展して、天智天皇とその最愛の皇子大友皇子の圧力が、一旦は大海人皇子を吉野引退にまで追い込んだものの、やがて天智天皇の死後、大海人皇子に攻められて大友皇子が大津に敗死するあの壬申乱《じんしんのらん》の根底には、この額田王をめぐる愛のもつれがあったとさえいわれるようになっていった。

日本の初期的政治体制がかたまるこうした時代にあって、天智・天武（大海人）という巨大な専制君主兄弟の間に身を処し、その双方からの愛に照らし出されつつ、決して身を誤ることのなかった額田王とは、いったいどのような女性であったのだろう。

その生い立ちの時期には、大和の平群郡額田郷に生活の本拠があり、それによってこの名も生まれたらしい。父は鏡王、姉に鏡王女《かがみのおおきみ》がある。この姉もまた、すぐれた万葉女流であった。それだけではない。額田王より少し早く天智天皇の寵を受け、若き日の天智天皇は、この鏡王女をもっと身近な地に住まわせたいと希った恋の歌も残している。のちには寵臣藤原鎌足に下賜され、その嫡室となったが、鏡王女はその誇りにおいて、また天智天皇への愛において、当初はこのはからいに素直に承服することができなかった。

この姉妹の間には、したがって複雑な心情を抱いての交流があったかと考えられるが、『万葉集』巻四には、天智天皇を思う姉妹の歌がならべて記録され、それぞれの恋愛の位置が想像されつつ心をひかれる。

君待つとわが恋ひをればわが屋戸のすだれ動かし秋の風吹く　額田王

風をだに恋ふるはともし風をだに来むとし待たば何かなげかむ　鏡王女

両歌とも二句切れの歌であるが、哀切な切迫感を伴った鏡王女の歌にくらべて、額田王の歌は端正にととのい理が勝っている。

かつて鏡王女は天智天皇に熱愛されていた頃、「妹が家も継ぎてみましを大和なる大島の嶺《ね》に家もあらましを」（愛するあなたの家を、ずっと見つづけていたいのに。あなたの家が、あの大和の大島の嶺の上にあったならどんなにすばらしいだろうに）と歌ってくれた情に感動して、次のようなすばらしい歌をうたい返したことがあった。

秋山の木の下がくりゆく水の吾こそまさめみ念《おも》ひよりは

一つの比喩的な景をくっきりとうたい出したのち、そのイメージをわが内なる情へと転化してみせる手法が、やわらかな「の」の音感の重なりの中で、ゆったりとたゆたいながら、まさってゆく水かさのような思いの深さを、美しく納得させてくれる。このように率直に、真情に身をまかせきってうたい上げる鏡王女の歌に比べると、額田王の「君待つと」の歌は、着想の卓絶に思わずすばらしいと目をみはるが、その律はきわめて冷静で、うるわしいが、あの「あかねさす」の声調とはまたちがった雰囲気をもっているといえる。

吹き入る秋風がすだれを揺らすのを、来訪の予兆とみて歌っているのか、待つ人は今宵来ず、風のみが訪れたことを歎いているのか、いずれにしても、そこには、自分の置かれている状態に対する、ある種の重たい物思いが、妙に客観的な目となっていて静かである。

そして、額田王が天武天皇と天智天皇と、その対象を明らかにしつつうたった歌は、じつはあの、「あかねさす」と、この「君待つと」のたった二首しかない。にもかかわらず、額田王は情熱の歌人といわれ、またそうした印象が実感として読者の心に残る。それはあるいは、うたわれたことば以上に、その歌の生まれる場によって、多彩な変化をみせ、感動の息をそのままリズムにしたような声調のゆえであるかもしれない。

天智天皇の崩後、壬申乱を戦って天皇位についた天武天皇は、額田王を再びその宮に迎え入れたが、この兄弟の緊迫した中間に身を処していた時代のようには、額田王の歌が冴えることはもはやなかった。

放胆な遊興の場に、昔の恋を挑発した紫野の歌と、端正にととのった人待つ女の歌とは、どこか妖しい饒舌と、人を寄せつけぬ静謐さをそれぞれにもっていて、めったなことではその心のゆくえを明かにはしない額田王の、知と情の微妙にあやなす翳りを、その人生の謎に投影しているように思われる。

春過ぎて夏来たるらし

春過ぎて夏来たるらし白栲の衣乾したり天の香具山　　持統天皇

春もようやく過ぎ夏がやってくるらしいよ。天の香具山には白い衣が多く干されて、いかにも夏めいた風情を感じさせる。そんなふうな意味のこの歌を、何度か明日香の道に香具山を仰ぎながら呟いてみたことがある。

初夏のみどりの木々のそよぎと白い布、それだけですでに夏風のさわやかさが伝ってくるこの歌について、折口信夫は穂積忠の例示する南島民俗を参考にしながら、これは季節が五月乙女《さおとめ》となる資格をうる乙女たちが、山ごもりのための斎衣《おみごろも》を干しておいたのだろうといっている。

『百人一首』では二句以下を「夏来にけらし白妙の衣干すてふ」と、矚目の景を消却して、想像や伝聞の世界のことにしてしまっているが、にもかかわらず、風と光と、緑と白とのかがやかしい乱舞を感じさせるしたたかな色彩的魅力をもっている。

いったい、持統女帝とはどういう人物だったのだろう。この一首がかもし出す明眸のイメージ、明るく晴れやかな額、優しい謎のようなほほえみ――、だが、歴史はそうした詩的な女帝の風貌をあまり語ってくれてはいない。そのせいもあってか、いま改めて香具山の形よい山容を目にしながら、一首を味わいなおそうとしてみると、明快な景の歌はなぜかどことなく微妙な靄が立ちこめてくる。

香具山の白い衣の景を遠望する女帝の抒情的内面は、景どおりの爽快さとしてうけとるべきなのであろうか。一首はまさに「御製歌《おおみうた》」とよぶにふさわしい、ゆったりと太い声調をもち、構えの大きい歌柄をもっている。そしてまた、女帝の詠歎は、しみじみと夏を感じとっているように、「春過ぎて」という過ぎ去った季節のところから、たっぷりとうたい出されているが、そこにはまた、春から夏へと、ずっと眺めつつきた長い時間的な経過も浮かび上ってくる。

考えてみると、持統女帝が天皇の位をふんだのは決して幸福な結果とはいえない。夫の天武天皇に先立たれたのが四十二歳、その三年の後には、すべてを賭けて期待した皇太子草壁皇子も早世してしまった。その遺児はまだあまりに幼すぎる。持統女帝の即位は、こうした中での苦肉の策であった。「春過ぎて夏来たるらし」という詠歎は、そうした日々のある日の「詠《なが》め」である。その詠歎が、イメージのさわやかさに比して重たいのは、そのままこうした立場にある女帝の四十代の生の重さと考えていいだろう。

持統女帝は、日本史に類の少い、器量の大きな辣腕の政治家であったともいわれる反面、非情なまでに自我のつよい、剛毅な悪女であったともいわれる。その一つに、実姉である大田皇女《おおたのひめみこ》と天武天皇との間に生まれた皇子大津皇子《おおつのみこ》の人望をおそれて、草壁皇子の将来のために謀略に陥れ死に追いやったことなどがあげられるが、一面ではまた、天武の第一皇子高市皇子《たけちのみこ》を信任し、太政大臣に任じ、政治的にも諸制度をととのえ治世の実績はあがっていたといえる。

持統天皇の父は天智天皇である。鸕野讃良皇女《うののさららのひめみこ》とよばれた。斉明三年（六五七）大海人皇子の妃となった時はまだ十三歳であった。大海人皇子は二十四歳、すでに多くの妃を擁していたと思われる。天智天皇は、皇太子として大化の改新を断行するなど、若い日からその政治的実力を発揮したが、その協力者としてつねに傍らにあってその業を扶けた実弟大海人皇子の実力と信望に、ある種の不安を内攻していたのであろうか。大海人皇子のもとに、天智はその皇女の四人までを妃として送りこんでいる。

大海人皇子が天智天皇から皇位簒奪の疑惑をうけて、急きょ吉野に逃去せねばならなくなった時、鸕野皇女はまだ二十七歳、充分に若く、この大きな歴史の場に、その負《ふ》のがわにあえて自らを賭ける勇気と決断をもつことができる体力を、その強引な意志とともに持っていたといえる。多くの妃の中、ただ一人、鸕野皇女は幼い皇子を伴って吉野に逃走する大海人皇子のかたわらに従った。鸕野皇女がやがて壬申乱後大和朝廷において正妃の地位を得るのも、この吉野の日々が大海人皇子との大きな絆となっていたからであろう。

「み吉野の　耳我の嶺に　時なくそ　雨は降りける　間なくそ　雨は零《ふ》りける　その雪の　時なきがごと　その雨の　間なきがごと　隈もおちず　思ひつつぞ来し　その山道を」という天武天皇の回想の歌にあるような、苦しい、そして心細い逃亡の日々の不安を、鸕野皇女は父に叛いて大海人皇子と分かちあいつつ生きたのである。

「隈もおちず　思ひつつぞ来し」という大海人の晴れやらぬ重苦しい不安の中には、かつて、同じように、天智天皇の疑惑を晴らそうとして出家し、吉野に入った異母兄、古人大兄皇子がついに許されず攻め殺されたことなどが、なまなましく回想されていたにちがいない。

私はなぜか、「春過ぎて夏来たるらし」という、のどかな一首をそらんじながら、目前の香具山にことばなく語りかけつつ、春から夏へと季を移した持統女帝の山見の日々について思う。この一首の上半句をなす、季節の推移に対する新鮮なおどろきは、あるいは、季節の推移を忘れていたことに対するおどろきを含み、この春から夏への日々の物思いの深さをあらわすかもしれないと思う。

持統女帝の生涯は激しすぎるたたかいが、外部はもちろん、その内部にも絶えたことがなかったといえるだろう。この一首には、明るい大らかな古代の景があるという以上に、四十代の終りを歩む持統女帝の、思えど、思えど、思いつきぬ歴史の中の存在、その内部風景が、ふと緊迫を解いてみせた自然への目のやさしさ、それがあるゆえに美しいのであろうと思われる。

有間皇子・高市黒人

犬養　孝

有間皇子　㈠

磐代《いはしろ》の　浜松が枝《え》を　引き結び　真幸《まさき》くあらば　また還り見む　（巻二―一四一）

ここでは孝徳天皇の皇子の悲劇についてお話しましょう。

人間というのは、一体どういうものでしょう。人間というのは、その歴史社会を離れては生きられないものなんです。そして同時に、風土を離れて生きることもできない。ですから、そういう人間の作った歌も、やはり歴史社会とのつながりを離れられない。また、どこで生まれたか、生まれたところの風土とのつながりも離すわけにはいかないんですね。

それではそういう、歴史との関連を探りながら、悲劇の人、有間皇子《ありまのみこ》の歌をみてゆきたいと思います。

そうしなかったら、この歌、つまらないですよ。だって〝磐代の海岸の松の枝を引き結んでおくが、もしも無事であるならば、また戻って来て見よう〟それだけだったら何の感慨もないでしょう。そうではないんです。実は、この歌は歴史を離れては絶対に考えられないんです。だから、そういう一つの見本として考えてみたいと思います。

さて、その歌は、

磐代の　浜松が枝を　引き結び　真幸くあらば　また還り見む

もう一つは、

家にあれば　笥に盛る飯《いひ》を　草枕　旅にしあれば　椎《しひ》の葉に盛る　（巻二―一四二）

この二つの歌は、一体、いつできたかといいますと、西暦六五八年、斉明天皇の四年ですから、今から千三百余年前の歌なんです。では、その千三百余年前にこの歌を持ってきてみたいと思います。それには前に時代区分の時少しお話しましたが、ふりかえってみましょう。

舒明天皇がお亡くなりになって、皇后の宝 皇 女《たからのひめみこ》が皇極天皇となられての四年、六四五年、六月に飛鳥板蓋宮《いたぶき》で有名な大化の改新の口火が切られた。そこで、皇極天皇の弟の軽皇子が、孝徳天皇となって難波に都遷りすることになります。難波にうつって九年目に、やはり政治は飛鳥でなければばできないというので、中大兄皇子が、孝徳天皇に飛鳥に戻りましょう、というのですが、天皇はこれを聞き入れない。そこで中大兄皇子は孝徳天皇だけを難波に置きざりにして飛鳥にうつってしまわれた。それがもとで、孝徳天皇はお亡くなりになります。

その孝徳天皇と、左大臣阿倍倉椅《くらはし》麻呂のむすめ小足媛《おたらしひめ》とのあいだの皇子が有間皇子なのです。

この有間皇子は、中大兄皇子をどう思っているでしょう。彼はきっと、「わたしの父は、中大兄皇子に殺されたも同然だ」という気持を持っていたでしょうね。

また中大兄皇子から見れば、頭のいい有間皇子を生かしておいては後で困るぞ、という気持があったに違いありません。少し俗語を使えば、早くこの世から消してしまいたい、という気持を持っておられたでしょう。

それが実現したのが、この六五八年の悲劇になるんですね。

さて、孝徳天皇がお亡くなりになったあと、飛鳥では、中大兄皇子は天皇にならないで、自分のお母さんに、もう一度、天皇になっていただく、これが斉明天皇です。

斉明天皇は、飛鳥板蓋宮《いたぶき》で即位しましたが、板蓋宮は火事で焼けてしまいます。恐らく、あやしい火でしょうね。そのため今度は、飛鳥川原宮に移ります。ところがこれもまた、火事で焼けてしまう。しかたがないから、もとの御主人の舒明天皇の御所、飛鳥岡本宮で政治をなさるんです。

こうしたことが相続いておこった背景には、中大兄皇子の政治の方針や、その性格に対する非難の心持ちが、豪族や庶民などの間にあったからだと思われます。そういう時に、人間には高姿勢でおさえる場合と、低姿勢で静かに人々の不平不満を解消させる場合との二通りの型があるでしょう。中大兄皇子は、性格的には絶対に高姿勢、自分の思ったことは、実行しないではいられない方です。ですから、そんなに反感があるのなら、ようし、という心持ちになる方です。そこで始められたのが、あの斉明天皇初年のいまだかつてない大土本工事なんです。それは、多武峯《とうのみね》の山の上に、大きな二本の槻《つき》の木があった。そこを中心にして、両槻宮《なみつき》（これを、ふたつきの宮と読む人もある）造営という、大土木事業を始めて、全国から人民を徴発したわけですね。それによって天皇家の威力を、天下に大いに示そうというわけです。

それがどれほど大がかりかといいますと、香具山の西側に運河を作ったというんです。すごいものですね。今日、ブルドーザーでやったって、容易じゃないのに、香具山の西側に運河を作って、舟、二百艘をもって石を運んだというのですから。

しかし、そういうことをしていたら、反感はつのるばかりでしょ。そこで反感を持つ人は、次第次第に、有間皇子を支持するような気運になるんですね。つまり、有間皇子が天皇になったらいいのではないか、というような気持を持つ豪族たちが多くなってくる。有間皇子は、だんだん目立ってきたわけです。けれども、あまり目立ちすぎると殺されてしまうかもしれません。そこで、有間皇子は、この斉明天皇の二、三年ごろには気の狂ったふりをして、身をくらまそうとします。

斉明天皇の三年（六五七年）十月、有間皇子十八歳の時に、有間皇子は、今の和歌山県白浜温泉に療養ということで出かけられます。ここで、わかりやすく白浜といいましたが、本当はその先の湯崎という温泉なんです。

ここは、万葉時代には、牟婁温泉《むろのゆ》、紀温泉《きのゆ》といいました。そこへ静養に行ってこられた。そして、帰ってこられて、中大兄皇子に報告した。「白浜のお湯は大変景色のいいところで、私の頭の具合が悪いのも治りました」と。

さて、斉明天皇の四年、西暦六五八年がきた。この年五月、斉明天皇は、かわいいお孫さんの建皇子《たけるのみこ》を亡くして、すっかり落胆していらっしゃる。そこで、西暦六五八年十月に、斉明天皇は、ご自分の傷心をなぐさめるため、牟婁の湯へ行かれます。この時、中大兄皇子も、留守官《るすのつかさ》を蘇我赤兄《あかえ》に頼み、天皇に同行されます。

さて、有間皇子は、十九歳。生駒山の東側に、今も一分《いちぶ》という近鉄の駅があります。そこは古代には、市経《いちふ》といいました。その市経の家にいた有間皇子は、十一月三日、飛鳥にいる蘇我赤兄の所へやって来たんです。

すると、赤兄から皇子に「あなた、このごろの時勢をどう思いますか」と問いかける。有間皇子、事と次第によっては殺されかねないことですから「中大兄皇子の政治は、結構だと思う」と答えますと、赤兄が、「あなたそんなことを本当に思っているのですか？　それなら私は言います。中大兄皇子の政治には、三失がある。大いに倉をたてて、民の財を積み集む、これ一なり。長く渠水（堀）を掘りて、公の宝を損費す、これ二なり。次に、舟に石を載せて、運び積みて、丘となす、（両槻宮のこと）これ三なり」。こういって、中大兄皇子の政治を批判します。

そこで、十九歳の青年は、それでは、赤兄は私と同じ気持だな、と思ったから、「あなたが、そう思うならば、私も同感だ」と言ったわけです。こうなると、青年は、一本気です。「今こそ、兵を用うべき時なり」、戦争を始めるんだという。そこで、蘇我赤兄は、「じゃあ、お待ちなさい。十一月五日、あさって、もう一度いらっしゃい。その時、作戦計画を練りましょう」と誘ったのです。

十一月五日がきました。作戦計画を練っていて、「兵、五百があり、淡路島を占領したら、あちらは袋のねずみだ」と、やっていたら、有間皇子の〝几《おしまずき》〟(ひじかけ)が、バサッと折れた。(実は折っておいて、つないであったのではないかと思います。)折れましたから、「ああっ、有間皇子さん、申しわけない。事を始めるにあたって、何という不吉なことでしょう。話はあとにして、今日のことは、ないことにしましょう」と、赤兄は言って、有間皇子の口をふさいだのです。「それもそうだ、縁起も悪いから」と言って、有間皇子が、市経の家へ帰ったところ、蘇我赤兄は物部朴井連鮪《もののべのえのいのむらじしび》という者をやって、家を囲み、謀反の現行犯として逮捕させてしまったのです。

そうして、中大兄皇子の方には、「とうとう謀反を起こしましたよ」と知らせて、十一月の九日と思いますが、有間皇子を白浜の牟婁《むろ》の湯に連れていったのです。

有間皇子は、そこで裁判を受けた。その時「おまえ、なんで謀反を起こしたのか?」という中大兄皇子の尋問に対し、有間皇子の有名な答えは、

「天と赤兄と知る。吾全《もは》ら解《し》らず。」

今日のことばで言えば、「あなた、何をおっしゃるのですか。あなたの胸に聞いてごらんなさい」

ということです。「天が知ってるでしょう、天と、赤兄が知ってるでしょう、私が何も知るもんですか」と、いうわけですね。

そうしたら、中大兄皇子は、「帰れ」と言う。これは殺されると思ったのに、「帰れ」と言われるから、有間皇子にしてみれば大変気味悪いことだったと思います。

ともかく有間皇子は帰っていきました。その後から、追手の丹比小沢連国襲《たじひのおざわのむらじくにそ》という者を遣って、適当な所で殺せ、というわけです。

どこで殺されたかというと、熊野街道の、今も残っている藤白坂という所です。こんにちの海南市の南、藤白神社付近から山越えをしてゆく道です。

殺されるといっても、皇族ですから、「自らくびらしむ」ということで、自分で首をくくる、くれなかったら、丹比小沢連国襲が、くくらすわけです。こうして有間皇子は十九歳の若い命を絶ってしまいました。謀反を起こしたというかたちで、この世から葬り去られてしまったのです。

さて、ここであげた歌は、有間皇子がこうした悲惨な運命をたどる、西暦六五八年十一月九日の日に、今の和歌山県日高郡南部町《みなべ》岩代《いわしろ》という所で、白浜に着いたら、殺されることになろうと思って、岩代の地霊に祈った時に、詠んだ歌なのです。

そういうことを思いますと、この歌、

磐代の　浜松が枝を　引き結び　真幸《まさき》くあらば　また還《かへ》り見む

というのは、実に、複雑な心境を詠みあらわしているといえるでしょう。

しかもまた、二つ目の歌、

家にあれば、笥に盛る飯を　草枕　旅にしあれば　椎の葉に盛る

というのは、戦前は、よく教科書にも出ていました。何といっているか、〝家におると食器に盛って食べるご飯なのに、旅に出ているから、椎の葉に盛って食べる。わが皇室のご先祖は、まことに質素であらせられて、食器もお持ちにならない。なんとまあ、畏《おそれ》多き極みではないか〟こういうふうに言われたんですね。

あるいは、「旅のわびしさが出ている」というふうにしか言われなかった。

しかし、それらは全然違いますよ。今まで述べてきたような状況の中で、西暦六五八年十一月十一日に、有間皇子は殺されてしまうのですが、そうした悲劇を目前に控えた十一月九日の日の、その日その時の歌が、これなんです。

こうしたことを考えてみると、時代という背景を抜きにして、あるいは、歴史社会というものから離れて、この歌を理解することは絶対にできないということが、わかりますね。

有間皇子 (二)

前に有間皇子の二つの歌を時代的な側面からお話しましたが、次に風土との関連において考えてみたいと思います。

多くの人は、時代ということには、誰でも敏感ですが、風土というのには大変無意識無関心になることが多いと思います。たとえば、今、俺は日本にいる、日本の空気を吸っている、あるいは、どこそこの土地の空気を吸っている、なんて思う人はいないでしょう。けれど、我々は、朝から晩まで風土に支配されているんです。現に、夏になれば薄着になり、冬になれば厚着になるでしょう。これは日本の風土だからですね。これと同様に歌も風土の影響をとても大きく受けるものです。

さて、古代の旅は歩かなければなりません。どんなところでも歩く以外に方法はないんです。馬に乗ったって馬は歩くのだから同じことですね。こうして歩いて行けば、土地の名前というものが強く意識されるのは当然のことでしょう。だから四千五百余首の歌を収録した『万葉集』の中に、地名が延べて二千九百も出てくるというのは、皆が歩いて旅をするからなのです。そして土地というものは、いわば〝共同体意識〟というもので守られているわけですから、よそ者が入ってくることをみんな嫌います。だから、昔の人が知らない土地へ入って行くのは容易ではなかったわけです。

大体、土地の名前というのは、ただ便宜的についているのではないんですね。ちょうど人の名前が人の命の代表であるように、地名は地霊というものの代表なのです。だから、旅人は、土地土地の地霊に敬礼しつつ行く。そうしなかったら、絶対他人の村は通ることができなかったんです。

そういうことを頭において、この歌に出てくる磐代《いわしろ》という地名を考えてみましょう。問題の所は、和歌山県日高郡南部《みなべ》町大字岩代《いわしろ》小字西岩代という所です。この磐代という地はどういう所かといえば、ここは〝熊野〟に入る口元にあたる大事な所です。その上、磐代という名前の〝磐〟という字ですが、古代の人は岩石信仰が大変強かったのですね。その信仰の対象である〝岩〟が土地の呼び名になっているのですから、磐代の地霊は、また特別の大事な地霊だったわけです。だから有間皇子に限らず、普通の旅人もここへ来たら、どこの地霊にも増して、磐代の地霊をよく拝まなくてはならない。そのことを、まず頭に入れておいて下さい。

それから、みなさん、和歌山県の地図を開いてごらんなさい。日ノ岬というところの北側は、リアス式海湾ですから大変屈曲が多く、海が深くて波がない。ところが、同じ日ノ岬に立って東南を見てごらんなさい。多少の屈曲はあるけれど、北に比べたら、あまりデコボコがありません。田辺湾という湾はあるけれど、そこまではずうっとまるで直線みたいになっています。ということは、リアス式の反対で、隆起型なんですね。だから今まで海底にあった岩が、年々露出して来ます。そして黒潮の波が打ちよせると、岩が多いから波が高くなり、海岸には海蝕崖《かいしょくがい》が多くなるんです。ということは、どういうことになるでしょうか。

景色は、日ノ岬から南は男性的、躍動的、南国的です。たとえば、浜木綿がたくさん生えていたり、また、榕樹（アコウ）の木という、気根を垂らす南洋の方の暖かい所の木が茂ったりする。そういうのを見ると、まさに男性的、南国的ですね。

ところで、大和には海がないでしょう。その海のない人々がこの紀の国の海、熊野などの海に出てきて、そのみごとで男性的な景観を見て、ものすごく感激するわけです。だから『万葉集』の紀の国の歌、約一三〇首ほどの歌を見ると、南へ行けば行くほど、景観と共に心躍る歌ばかりになる。初めて海を見るような人達ですから、その南国的な景観に夢中になるんです。今、旅人が、磐代の所へ来たら、黒潮の風に揺れている海岸の松の枝を見ただけでも「ワァー、すばらしいなあ」と、身にしみて思うに違いありません。ところが、有間皇子の場合はどういう気持でこの磐代のところへ来たのでしょうか。もし、囚われの身でなかったら、その景色に素直に感激するでしょう。けれどもこれからひょっとしたら殺されるかも知れないという予感を持っているのです。もしも、すばらしい景色だと感歎する心を生命の充実感というならば、この場合は逆の、いわば〝裏返された〟生命の充実感とでもいいましょうか、このすばらしい景色のなかで、しかも未来において死が予想される気持とは、何と切ない気持だったことでしょう。

この歌は、磐代という、そうした土地での歌なのです。しかも、この二首の歌は歌の題詞に「有間皇子自ら傷《いた》みて松が枝を結べる歌二首」とあります。これは、もちろん磐代の地霊に敬礼する時の歌なんですね。松が枝を結ぶというのはどういうことか、実際にはよくわかっていません。松の枝と枝を結んだか、松を輪型に結んだか、松に幣帛《へいはく》をつけたか、それは不明です。恐らく幣帛をつけたのではないかと思われます。けれど松にさわるということはどういうことでしょう。これは松は常磐《ときわ》ですから、松の常磐の魂が我が身につくということなんです。だから我が身が〝命長かれ〟という祈りになるわけです。みなさんもご存じのお赤飯の上に南天の葉をつけるのも同じことです。南天の葉は冬枯れないでしょう。だから南天の葉のついた御飯を食べるとエネルギッシュになるということなんですね。チマキなどもそうです。どうして笹をあんなに巻くのかというと、もとは、笹のエネルギーのついたお餅を食べることで強くなるということなんです。

するとここで、有間皇子は、自ら傷みて松が枝を結んでお祈りをしたわけです。つまり、〝磐代の浜松が枝を、こうやって引き結んでおくが、「真幸《まさき》くあらば」というのは殺される予感がするから、もしも幸いに無事であるならば、また戻って来てこの松を見るであろうが、ああ、そうあって欲しいなあ〟

という祈りなんですね。

その次の歌、

家にあれば　笥《け》に盛る飯を　草枕　旅にしあれば　椎の葉に盛る

これは、前に申しましたように、戦前は、皇室の御先祖は、質素であらせられて誠に畏《かしこ》き極みであると言われた。ところが戦後になって、いわば歴史解禁ということになりました。そこで前述したような歴史的背景をもとにして、〝家におると食器に盛って食べる御飯なのに、今はこうした大逆犯人としての囚われの身だから、たまたまその辺にある椎の葉を取って、――当時の御飯はふかし御飯ですが――御飯をのせて、さあ食えといって突きつけられる。こんな飯が食えるかという心持ちだ〃と言われています。私は全然違うと思います。私も初めはそう思っていました。けれど、昭和三十一年頃でしたか、当時国学院大学教授の高崎正秀さんとおっしゃる方が、『文藝春秋』に「椎の葉に盛る」という随筆を書かれました（『文藝春秋』昭和三十一年一月号）。それは、「ある村では、道祖神に椎の葉に御飯を盛って差し上げるという話を聞いた。そうしてみると、あの〝家にあれば笥《け》に盛る飯を〃というのは、神に捧げる御飯じゃないか」というような随筆でした。それについて当時は、「何だかそれは変だ」などと言う人が多かった。私も、ちょっとどうかと思っていた。ところが、その翌年に学生を連れて磐代へ行ってみたんです。そうしたら、びっくりしてしまった。それは、西岩代一帯では、赤ちゃんが生まれて一カ月後の、一日と十五日には、樫《かし》の葉に米の団子を二つひと重ねにして、それをヒトゲというんだそうですが、神様にお供えするのだそうです。そこで、一軒一軒聞いてみたら、ほとんどみんなそうなんですね。これにはぼくも大変驚いた。お宮さんに行ってみると樫の葉にちゃんと米だけひっついたのがカラカラになってあるんです。こういうことが今でも行なわれているのですね。そうしてみると、これは土地の古い習慣なんでしょうね。その後、気をつけてみますと、植物に物をのせて神様にお供えする習慣は方々にあるんです。飛鳥川の上流に行きますと、南淵請安《みなぶちのしょうあん》のお墓がある。そこでは、お祭りの日には、椿の葉に御赤飯をのせてあげています。そういうことを思うと、これはやっぱり神様にお供えするものではないでしょうか。なぜなら、最初に「有間皇子自ら傷みて松が枝を結べる歌二首」とあるでしょう。最初の歌は祈りで、後は腹が立つ歌だというのはおかしいと思う。やっぱり、二つともにお祈りする時の歌ではないでしょうか。家におると食器に盛って神にお供えする御飯を、こうした旅に出ているから椎の葉に盛って神にお供えする。この土地の珍しい風習に従って椎の葉に盛って御飯を差し上げることで、しみじみ我が身の逆境を感じる。「家にあれば」は順境、「旅にしあれば」は逆境の場合、ああ、蘇我赤兄の口車に乗らなかったら良かったのになあ、という悔しい気持がしたことでしょう。

この歌はそういう気持だと思うんです。そういう事からも、歌というものが風土との結びつきがいかに深いかを感じます。

壬申の乱（六七二年）までは有間皇子に同情してはならない時代、壬申の乱以後は明治の初めまで有間皇子同情時代といえます。熊野参詣の人は、みんなそこを通って追悼の歌をうたいました。

この事件があってから四十三年後、持統上皇と文武天皇が、大宝元年（七〇一年）に牟婁の湯にいらした時には、みんなが、とても深く同情している歌を残しています。心から、ああ有間皇子はかわいそうだなあ、という歌です。そういう歌があるところをみると、もう結び松というのがひとつの名所になっているのがわかります。時代が経つとこうなるんですね。このことは戦争中はあまり話せなかったことだけれども、戦後の今日は有間皇子を思って訪ねる人はとても多いんです。みなさん、白浜などへいらっしゃる時、磐代はすぐ近くですから現地を訪ねられたらよいと思います。今ここには〝家にあれば〟の歌碑（徳富蘇峰筆）と〝磐代の浜松が枝〟の歌碑（澤瀉久孝筆）とがここの海岸のそばにあります。

以上のことを知って、現地に立たれたら、この二つの歌ごころは、きっと、いきいきとよみがえってくるにちがいありません。

高市黒人

楽浪《ささなみ》の　国つ御神《みかみ》の　うらさびて　荒れたる京《みやこ》　見れば悲しも　（巻一―三三）

何処《いづく》にか　船泊《ふなはて》すらむ　安礼《あれ》の崎　漕《こ》ぎ廻《た》み行きし　棚無《たなな》し小船《をぶね》　（巻一―五八）

ここでは、柿本人麻呂と同じ時代に宮廷に仕えていた高市黒人の歌についてお話しましょう。同時代といっても、あるいは、人麻呂よりも、少しあとの時代かも知れませんが、まずほぼ同時代でしょう。この黒人の歌というのは『万葉集』に短歌ばかり十八首があります。この十八首の中でも、五首ほどは作者について疑問はありますが、一般には高市黒人といわれております。私もこの十八首を高市黒人の歌と思う。たった短歌十八首だけですが、いずれも珠玉の歌が集まっているんですよ。それはなぜかということを考えてみたいと思います。

前述しましたように、人麻呂というのは公の歌が多いでしょう。そしてみんなの気持を代表して歌っているといったような歌が多い。中には人麻呂の歌にも個人の気持を歌った歌がいくらもある。

けれども個我と言うか、個というものが、まだそれほど自覚的ではないんですね。というのは、この時代は律令国家建設、完成へと向かう時であり、そしてしかも天皇を神として絶対に崇拝する、そうした気運が横溢している時です。ですから宮廷の中では、まだ個人の目覚めというようなものは、ちょっと出てこない状況だったんです。ところが同じ時代の高市黒人は、公のお供をした時の歌があっても、公的ではないんですね。それよりも自分だけの個の世界をうたおうとしている。そういう点で、私は黒人の世界というのはまことに得がたいと思うんです。そこで一例をあげてみましょう。

楽浪の　国つ御神の　うらさびて　荒れたる京　見れば悲しも

これはあの壬申の乱後、少なくとも二十年位経ってからの、近江の荒れたる京を偲んだ回想の歌なんですね。「楽浪《ささなみ》」というのは地名ですよ。大津の辺りの総名です。「うらさびて」というのは、霊魂の遊離した状態をいうんですね。だから国が栄えるというのは、国に神霊がいるということ。ところがその国の神霊がどこかにすうっと遊離してしまって、つまり虚脱の状態になってしまっている。そうした荒涼としている、この壬申の乱後の京をみるとたまらないなぁ、というのがこの歌の意味です。では同じ所で人麻呂は何とうたったでしょう。有名な歌、

楽浪の　志賀の唐崎　幸《さき》くあれど　大宮人の　船待ちかねつ　（巻一―三〇）

楽浪の志賀の唐崎よ、おまえは昔のままに、そのままあるが、そしていかにも大宮人を待っているように見えるけれど、大宮人の船を待ちおおせるものではないぞ、とこう歌っているんですね。人麻呂は古都に立って、大上段に振りかぶって古都への哀しみを訴えてゆく。それに対して黒人という人はどうでしょう。目に見えない世界をうたっているのですね、「楽浪の国つ御神」って。つまり現実には、ただ荒れた姿があるだけでしょう。それを黒人は何と理解したでしょう。楽浪《ささなみ》の国土を支配する神が、もうどこかへすうっと行ってしまって、そして荒れているというんでしょ。それは目に見えない現象の背後をつかんでいるんですね。これは黒人だけの世界です。誰にでも通じる世界ではない。黒人の主観がみつめ、つかんでみせた世界といえます。

たとえば、第二次世界大戦が終わった後の負けた日本の世相をみてみれば、まさに荒涼虚脱という状態だったと思います。こうしたありさまをその国土の神がどこかへ遊離してしまったので荒れている、というふうにつかむつかみ方というのは、本当に目に見えない現象の背後、そこに自分の心をしみ通らせていってはじめてできるのです。それを実にみごとにつかみ出し、そして虚脱した一つの〝個〟の哀感、一人の哀感を描き出している。こういうところが、人麻呂とは非常に違うところだと思います。もし、芝居でいえば、人麻呂は歌舞伎座のような大きな劇場で大勢の人に訴えるような型といえます。ところが黒人は、昔の劇場でいえば築地小劇場のような小さな劇場で訴える型といえましょう。このように静かに一人の個の世界を描き出す黒人にはまた次のような歌があります。

それは場面が変わって三河の辺り、持統天皇が大宝二年に三河の方にいらした時に、お伴していて作った歌。お伴の歌ですが、絶対に公の歌ではなくて〝個〟を歌った寂しい歌ですよ。

何処にか　船泊てすらむ　安礼の崎　漕ぎ廻み行きし　棚無し小船

まず上の二句では、〝いったいどこに今晩は船泊まりするのだろう〟と自分の主観を言っている。そして目の前に安礼の崎というのがある。この安礼の崎ってどこかはっきりわかりませんけれども、三河の音羽川の河口付近ではないかといわれている。そこかもしれない。そこをさっき漕ぎめぐって行ったあの船棚のない小さな船は、今晩はどこに船泊まりするんだろう。

歌の意味はそういう事です。すなわち、作者の心は、船の後を追っている。船に乗っている人は何でもなく、ただ旅をしているにすぎないのですが、けれど作者からみれば、その船は港から港へと漂泊してやまない船のように思えるんでしょうね。それは作者の心が漂泊しているからです。作者の寂しい心は、次から次に漂泊してやまない、そうした孤独感ですね。まだ孤独といっても自覚していているわけではない。さっき船が安礼の崎をまわって行ったよ、それを「何処にか　船泊てすらむ」今晩どこに船泊りするのだろうなぁ、と船のあとを追いかけているんですね。安礼の崎を漕ぎめぐっていった小さな船を映像として描いている。寂しい景色でしょう。けれどもこれはいうならば個の寂寥《せきりょう》の世界と言ってもいいのではないかと思う。このように漂泊する魂をうたっているこういうような歌が、すでに出始めているということが非常に興味深いことの一つです。

そしてもう一つ興味深いのは、黒人の歌には上の二句で切れるか、あるいは小休止している歌が多い。ここでは、「何処にか　船泊てすらむ」で切れています。そしていずれも主観とか行動を述べ、続く第三句目にきわめて具体的な場所を置くのです。この場合は安礼の崎。

黒人の十八首の歌の中には、実に地名が二十九も出てきます。その二十九の中で奈良の地名はほんのわずかで、あとはほとんど、よその地名、それだけ見知らぬ土地への憧れを持っていたのでしょう。そういうところも、この人の漂泊する心が現われているような気がしますね。そしてその二十九のうち十一もが、第三句目に地名が来ます。これは他の作者にないことです。普通地名は歌の五句の中では、第一句に多く、だんだんに少なくなる。だが、この人は違います。二十九の地名のうち第一句に六、第二句に四、第三句に十一、第四句に八、第五句にゼロ。そういうことを思うと、三句目の地名というのは、とても大事な表現なんです。なぜなら上の二句が、この場合「何処にか船泊てすらむ」という主観でしょう。それをパッと現実の土地に定着させるのが、三句目の安礼の崎で、その上「漕ぎ　廻み　行き　し　棚無し　小船」と続くのですから、いかにも水脈《みお》を残して行く船の雰囲気が出ています。しかも韻をよく踏んでいます。こういうことは意識して出来ることではありませんが、「安礼のさきィ」「漕ぎィ」「廻みィ」「行きィ」「しィ」「棚無しィ」という「イ」というしみ通るような韻です。これをみますと、歌というのは本当に音楽ですね。実にみごとに寂しい感じが、こきざみに出ているでしょう。

「何処にか　船泊てすらむ」「安礼の崎　漕ぎ廻み行きし　棚無し小船」まるで水脈がずーっと続

いている。それをたどって船の行方を追い求めているような感じですね。黒人は、このように実によく、漂泊の世界、孤独の世界を歌っている。それだけに、この人の目は澄んでいます。澄んでいるから景観をうたうと、次のような歌が生まれてくるのです。

磯の崎　漕ぎ廻《た》み行けば　近江《あふみ》の海　八十《やそ》の湊に　鵠《たづ》さはに鳴く　（巻三―二七三）

非常に景観が鮮明でしょ。場所は近江の琵琶湖。磯の崎を漕ぎめぐって行くと「近江の海」、広大な海に出た。ここでも三句目に場所がでています。その海を背景にして「八十の湊」のあちらこちらでもって、鶴がさかんに鳴いている、というのですね。その鶴の声は、その近江の琵琶湖の上の広々とした空間に響き返っていくようでしょ。まさにこの人の静かな澄んだ目、その澄んだ目に映る景観、鮮明な空間の一部分という感じですね。そういう点で、この人は『万葉集』において得難い個性をあらわし、清澄透徹ともいうべき得難い珠玉の歌を残しました。しかも、個というものが出始めてはいるが、本当に個我の自覚とか意識というものが認識されていない時代に、自然にそこにうたい出されている点で、人麻呂とは違う。もちろん人麻呂の中にもあるにはあったのかもしれないが、その個の世界を打ち出したかどうかというところが二人の違いといえるでしょう。これが、万葉の第三期、文明開化の時代、つまり神亀《じんき》天平の時代になると、今度はもう、みごとな個性として、個我の自覚に基づいた一つの個性として打ち出されるようになるのです。

人麿の妻

斎藤茂吉

人麿の妻は、万葉の歌から推しても、二人だといふ説があり、三人だといふ説があり、四人だといふ説があり、五人だといふ説がある。今次に可能の場合を記載しながら、決定して行き、先進の説を附載するつもりである。

(一) 軽娘子。 人麿が、妻が死んだ後泣血哀慟して作った長歌、（巻、二二〇七、二一〇、二一三）のはじめの歌に、『軽《かる》の路《みち》は吾妹子が里にしあれば、……吾妹子が止まず出で見し軽《かる》の市《いち》に』とあるので、仮に人麿考の著者に従つてかく仮名した。この長歌で見ると、秘かに通つてゐたやうなことを歌つてゐるが、此は過去を追懐して恋愛初期の事を詠んだ、作歌の一つの手段であつたのかも知れない。

(二) 羽易娘子。 長歌の第二に、『現身《うつせみ》と念ひし時に取持ちて吾が二人《ふたり》見し』云々、『恋ふれども逢ふよしをなみ大鳥の羽易《はがひ》の山に』云々とあつて、羽易の山に葬つた趣の歌であるから、これも人麿考の著者に倣つて仮にかう名づけた。この長歌には、『吾妹子が形見に置ける若《わか》き児《こ》の乞ひ泣く毎に』云々とあつて、幼児を残して死んだやうに出来てゐる。それだから、この羽易娘子と軽娘子は別々な人麿の妻だと考へてゐる論者が多い。けれども、人麿が長歌を二様に作り、第一の長歌では遠い過去のこと、第二は比較的近事のことを詠んだとせば解釈がつくので、此は同一人だと考へても差支ないと思ふ。

(三) 第二羽易娘子。第三の長歌（或本歌曰）は第二の長歌と内容が似て居り、『吾妹子が形見に置ける緑児《みどりご》の乞ひ哭《な》く毎に』と云つて幼児の事を詠んでゐるが、遠ふ点は、『現身と念ひし妹が灰にてませば』といふ句で結んだところにある。賀茂真淵は、以上の三娘子のうちを二人と考へ、軽娘子を妾と考へ、羽易娘子を嫡妻と考へた。そして羽易娘子と第二羽易娘子を同一人と看做し、それが嫡妻で人麿の若い時からの妻だらうから、この妻の死は、火葬のはじまつた、文武天皇四年三月（文武紀に、四年三月己未、道昭和尚物化。時七十有二、弟子等奉レ遺火二葬於粟原一。天下火葬従レ此而始也）以前で、未だ火葬の無かつた頃と想像せられるから、『灰』字は何かの誤だらうと云つた。それに対して岸本由豆流は、『何をもて若きほどの事とせらるるにか。そはこの妻失し時若児ありて後にまた依羅《ヨサミ》娘子を妻とせられし故なるべけれど、男はたとへ五六十に及たりとも子をも生せ妻をもめとる事何のめづらしき事かあらん』（万葉集攷証第二巻三二一頁）と駁してゐる。攷証の説を自然と看做して其に従ふとせば、以上の三娘子を同一人と考へて差支ない。（なほ、火葬の事。灰字のことにつき木村正辞、井上通泰の説があるから、別なところに記して置いた。）この事は山田博士も、『余はこれは一人の妻の死を傷める一回の詠なりと信ず』（講義巻第二）と論断してゐる。そしてこの人麿の妻の死を文武四年三月以後（仮に文武四年）とし、それから依羅娘子を娶つたとし、人麿の死を和銅三年三月（寧楽遷都）以前で、仮に和銅二年だとせば、その間和銅二年迄九年の歳月があるのだから、依羅娘子との関係も理解が出来、石見娘子（即ち依羅娘子）と別れた時の長歌に、『玉藻なす寄り寝し妹』といひ、『さ寝し夜は幾《いく》だもあらず』といふ句が理解出来るのである。和銅二年を人麿四十七歳と仮定すれば依羅娘子を娶つたのは慶雲元年あたりで四十二歳位ででもあつただらうか。依羅娘子は歌も相当に作つた女であつた。代匠記、依羅娘子が人麿と別るる歌の処に、『人麿の前妻は文武天皇四年以後死去と見えたり。中略然れば此妻は大宝慶雲の間に迎へられたるべし』とあるのは期せずして慶雲元年頃の愚案と略一致した。

(四) 石見娘子。人麿が石見国から妻と別れて上り来る時詠んだ長歌が三首（巻二、一三一、一三五、一三八）と反歌が合せて、六首（巻二、一三二、一三三、一三四、一三六、一三七、一三九）載つてゐる。歌の内容が少しづつ違ふが、これを同一の女と看做し、石見にゐた、即ち人麿と一処に住んでゐたのだから、仮に便利のため石見娘子と名づける。長歌を見ると、『玉藻なす寄り寝し妹を露霜のおきてし来れば』。或は、『靡き寝し児を深海松《ふかみる》の深めて思《も》へどさ寝《ね》し夜は幾《いく》だもあらず』。或は、『玉藻なす靡き吾が寝し敷妙の妹が袂を露霜の置きてし来れば』云々と詠んで居り、石見ではじめて情交をなした女の如くにも見えるし、或は同行したとも考へられるが、当時の官吏などは妻を連れて行かぬのが普通であつただらうか。この女に就いてはなほ考弁の説が参考になるだらう。

(五) 依羅娘子。右の人麿の歌の次に、柿本朝臣人麿の妻依羅娘子人麿と相別るる歌として、『な念ひと君はいへども逢はむ時いつと知りてか吾が恋ひざらむ』（巻二、一四〇）が載つて居り。また、人麿が石見で死が近づいた時に、『鴨山の磐根し纏《ま》ける吾をかも知らにと妹が待ちつつあらむ』（巻二、二二三）と詠み、その歌の次に、人麿が死んだ時、妻依羅《よさみ》娘子の作れる歌二首として、『今日《けふ》今日《けふ》と吾が待つ君は石川の貝に一に云ふ谷に交りて在りといはずやも』（二二四）。『直《ただ》の逢《あひ》は逢ひかつましじ石川に雲立ち渡れ見つつ偲《しぬ》ばむ』（二二五）といふのが出て居る。人麿の長歌で見ると、新たに情交を結んでまだ間もない女でもあるやうだが、その次に、『な念ひと』の歌が載つてゐるから、この万葉の記載に拠るとせば、第一の石見娘子《いはみのをとめ》従便利名と依羅娘子《よさみのをとめ》とは同一人だといふことになる。そして石見で得た妻だといふことになる。それから、人麿が死んだ時に、依羅娘子は京師に止まつてゐたやうに賀茂真淵等が考へて居り、古義、考弁、樋口氏等もさう考へてゐる。そして此説は絶待には否定し難いけれども、万葉の歌を見れば必ずしもさうでなく、娘子が其時石見にとどまつてゐたと見ることも出来るのである。依羅氏は、新撰姓氏録摂津国皇別に、依羅《ヨサミノ》宿禰の条に、日下部宿禰同祖、彦坐命之後也とあり、又、河内国諸蕃、依羅《ヨサミノ》連の条に、百済国人素弥志夜麻美乃君之後也とある。依羅娘子といづれかの関係があるのではなからうか。石見八重葎の著者は、娘子は石見の出だが、人丸の妻となるにつき、依羅氏を名のつたのであると記載してゐるが、此は想像である。

右の如く可能の場合の五人の妻を考へたが、軽娘子・羽易娘子・第二羽易娘子を同一人だとし、石見娘子・依羅娘子を同一人だとせば、併せて二人といふことになる。真淵の依羅娘子観には或程度まで同情せねばならぬ点があるが、人麿が石見に行き、京に妻を残して置いて、直ぐ妾《おもひめ》を得たといふのもどうかとおもふし、特に、山田孝雄博士の説に従つて、妻といふ字は嫡妻に用ゐるものだとせば（講義巻第二）、やはり石見娘子・依羅娘子同人説の方が自然である。

㈥　巻四の人麿妻。巻四（五〇四）、柿本朝臣人麿の妻の歌一首の妻は誰か。不明だが、代匠記では、はじめの妻と考へて居る。さて、そのほかに、贈答の恋歌を詠んだ程度、或はいひわたつた程度のものはこれは幾人あつてもいいので、古義でもまた岡田正美氏もさう考へてゐる。柿本朝臣人麿歌集出といふのの中には恋歌が可なりあり（巻九、一七八二、一七八三参照）、その中に実際の人麿作もあり得るとせば、以上の二人の妻のほかに幾人かの恋人がゐたものと想像してかまはぬのである。人麿の妻について先進の考を次に列記する。

人麿勘文に云。『人麿有㆓両妻㆒。其故者石見国依羅娘子者已為㆓後家㆒。妻死之後泣血哀慟作歌者別妻。然而此万葉四巻作歌者両人之中何婦乎。付詠歌者依羅娘子歟、尚又不審』。

これは二人説だが、一人は依羅娘子、一人は軽娘子（羽易娘子）で、巻四人麿妻はそのうちのいづれだらうかといふのである。これは私等の説と合致して居る。

代匠記に云。『人麿に前後両妻あり。石見にて別を惜みし妻は後に呼び上せて軽の市辺に置くか。巻二に人麿妻の死を悼て作れる歌多き中に第一の歌に見えたり。第四に此妻の歌一首あり。姓名をいはずして人麿妻といふは此人なり。後の妻依羅娘子也』云々。これも二人説だが、石見娘子・軽娘子・羽易娘子・巻四人麿妻が皆同一で一人。他の一人は依羅娘子といふ説である。そして依羅娘子は京に止まつてゐたやうに考へてゐる。

万葉童蒙抄に、石見で別れて来る妻について、『人麻呂妻には前後妻あり。此妻は前妻と見えたり。

後に京にてもとめられたる妻は依羅娘子といへり』といひ、また人麿の妻が死んだ時の人麿の歌の処で、『此妻は依羅娘子の前の妻なるべし、依羅娘子は後妻と見えたり』と云つてゐる。即ち、石見娘子と依羅娘子を別人と考へて居り、死んだ軽娘子・羽易娘子を同一人と考へてゐるらしいから、童蒙抄は三人説だと謂つていいと思ふ。

賀茂真淵、万葉考別記に云。『人まろが妻の事はいとまどはしきを、こころみにいはんに、始め後かけては四人か、其始め一人は思ひ人、一人は妻なりけんを、共に死て後に、又妻と思ひ人と有しなるべし、〔始め二人の中に、一人は妻なり、後二人も一人は妻なりと見ゆ、然るを惣て妻と書しは後に誤れるならん、石見に別れしは、久しく恋し女に逢初たる比故に、深き悲みは有けん、むかひめはむつまじさことなれど、常の心ちには、かりそめの別を、甚しく悲しむべくもあらず〕何ぞといはば、此巻の挽歌に、妻の死時いためる歌二首並載たるに、初一首は忍び通ふほどに死たるを悲むなり、次の一首は児《コ》ある女の死を悲むめれば、こはむかひめなりけん、これらは石見の任よりいと前なり かくて後に石見へまけて、任《マケ》の中に京へ上る時、妻に別るとて悲しめる歌は考にいふが如し、然れども考るにこは妻といふにはあらで、石見にて其頃通ひ初し女ならん、其歌に、さぬる夜はいくばくもあらではふつたの別し来ればとよみたればなり、又其別れの歌についでて、人麻呂妻《カ》依羅《ノ》娘子、与二人麻呂一別《ノ》時歌とて、思ふなと君はいへどもあはん時いつと知てか吾こひざらんとよみしは、載《のせ》し次《つい》でに依《よれ》ば、かの石見にて別れしは即此娘子とすべきを、下に人まろの石見に在て身まからんずる時、しらずと妹が待つつあらんとよみ、そを聞てかの娘子、けふけふとわが待君とよみたるは、大和に在てよめるなれば、右の思ふなと君はいへどもてふは、石見にて別るるにはあらず、こは朝集使にてかりにのぼりて、やがて又石見へ下る時、むかひめ依羅娘子は、本より京に留りて在故にかくよみつらん、〔国の任に妻をばゐてゆかざるも、集中に多し、〕あはん時いつと知てかといふも、かりの別と聞えざるなり、然ればかの妻の死て後の妻は依羅娘子なるを、任にはゐてゆかざりしものなり、人まろ遠き国に年ふれど、此娘子他《ヒト》にもよらで在けんも、かりの思ひ人ならぬはしらる』云々。これで見ると、真淵は四人説で、人麿が妻の死を慟んだ時のは一人は妾《おもひめ》、一人は正妻《むかひめ》と考へてゐる。この二人は死んだ。それから石見から別れて来た妻は、石見で得た妾《おもひめ》で、その時の正妻は依羅娘子で、これは京に止まつてゐた。それだから、な念ひと君はいへどもの歌は依羅娘子が京に止まつてゐて、人麿が石見に朝集使か何かで帰つて行く時に咏んだものである。それから、人麿が石見で死に臨んだ時、『知らにと妹が』といふのは大和にゐた依羅娘子のことである。それだから、人麿が死んだ時、『今日今日と吾が待つ君は』と咏んだ依羅娘子は、その時大和に残つてゐたのである。右の如くに真淵は解釈してゐる。真淵のこの解釈は、人麿の歌の内容から推測したところが多い。併し歌には言葉の綾があるので、直ぐその儘伝記にならぬ点がある。

石田春律云。『古人依羅娘子。此御方ハ柿本人丸朝臣三人目ノ後妻ナリ。和歌ノ達人世ニ其名高シ。遂ニ本妻トナサレ、都へ召レ上レ、饒速日命十四世ノ孫依羅蓮ノ養女トナリ、義父ノ名ヲカタトリ、右ノ御名付ルヨシ。其頃人丸ハ天皇ヲ始メ女御皇妃ニ交リ歌ノ御師ナレバ、其妻モ同様御所方ニ召サレ候ヘバ、下民ノ娘ニテハ不都合ユヘ、依羅氏ノ義女トナリ玉フトナン。実父ハ当国那賀郡角野本郷今西岸寺ノ前井上道益ト申ス医者ノ娘也。下略』（石見八重葎）。

岡熊臣云。『熟考るに、初に依羅石見国高角辺に住し人にて、人麻呂在国の間に私通し、人麻呂朝集使にて仮に上京の時には、上の二首の長歌を作玉ひ、人麻呂任終て永き別の帰京なれば此勿念跡の歌をば依羅の石見に残居て作なるべし。然るを人麻呂京に帰て後、嫡妻は死けれる任国の間は嫡妻の京に残居しことは論なし故に初石見にて通し女なれば、依羅を京へ召上せて後妻となしたるが、其後再度人麻呂石見に下りて病死せし時は、依羅又京に残留て今日今日と我待君はの歌をば作しなるべし』（考弁）。つまり、熊臣の説では石見娘子依羅娘子は同一人で、軽娘子と羽易娘子を二人と看做すから、三人説となるのである。なほ熊臣は、『さて後依羅をば娶り給へるなるべし。但し依羅も私聘なりしや其は不可弁といへども、再度下向の時京に残居し状なれば、後の本妻にもありぬべし。任国に妻を携ふることもありしかども、大概は不携往ことなり』（考弁）と論じてゐる。

岡田正美氏云。『予按ふに、人麿嫡妻前後両人ありしこと論なし、おもひ妻は二人ならず、土方娘子を数へ入れて三人なるべし。（吾住坂の歌よみし妻は今算入せず）、委しくは予が先にのべたるがごとし。さておもひ人はその数はいくたりといふことを数ふべくもあらず。此説古義にもいへり。茲に第九歌集中の歌に、与妻歌一首。雪己曽波、春日消良米、心佐閉、消失多列夜、言母不往来。妻和歌一首。松反、四臂而有八毛、三栗、中上不来、麻追等言八方。とあれどもこれは、歌のさまをおもふに人麿のとしもおもはれねば、とらず』。これで見ると岡田氏は五人説だが、土方娘子をも入れてゐるのである。その他妾《おもひめ》は幾人ゐるか分からないといふのだが、これも一つの看方である。

関谷真可禰氏は、四人説で、第一軽娘子、第二羽易娘子、第三依羅娘子、第四石見娘子となるのである。関谷氏は人麿が第一の妻と二十九歳で結婚し、四十四歳で第四の妻と結婚したやうに計算して居る（人麿考）。

樋口功氏云。『石見娘子と依羅娘子とを同人と見、軽娘子と羽易娘子とを加えて三人と見るのが先づ最も穏当な説かと思ふ。石見で別れた妻が依羅と同人かと思はれることは既に再三いつた』（人麿と其歌）。これは三人説で、軽娘子と羽易娘子とを別人として考へてゐる。

山田孝雄氏は、人麿妻死之後泣血哀慟作歌の処の軽娘子、羽易娘子等を同一人とし、『この故に余はこれは一人の妻の死を傷める一回の詠なりと信ず』（講義巻第二）といひ、また、人麿死時妻依羅娘子作歌二首のところで、『上京の際石見国に置きたる妻が即ち依羅娘子なるべきことは否定すべからねば、ここもその石見国にこの依羅娘子は在りしならむ』（講義巻第二）といつてゐる。つまり、石見娘子と依羅娘子が同一人で、軽娘子・羽易娘子が同一人と見るから、二人説となるのである。

人麻呂の抒情——他界の眼

前登志夫

数年前、大和葛城山のふもと町の音頭の作詞をたのまれて弱ったことがある。町制五十周年の記念行事の一つであるという。その町の希望や理念といったものが、音頭の内容に少しでも盛りこまれていなければならないし、先ずなによりも、その町の住民が共有する郷土への誇りや、お国自慢の素材がイメージとして詠みこまれていなければならない。ひきうけた軽率さを悔いて、今までに数度、ついに作れなかったこともある。

柿本神社のある葛城のふもと町、新庄町のあたりにわたしは心ひかれているので、投げ出しそうになるのをおさえて、なんとかひねりだしたのであった。

高鴨の風土と、当麻の間にあるその山麓の町には、笛吹神社や飯豊女神の杜もある。薑《はじかみ》という村は、わたしの遠い血縁にもつながっていて、あらためて見定める気持であった。「垣もとに植ゑし薑口ひびく」の久米歌を思い出したりして、文学とは無縁な、音頭作詞というむくつけき作業になんとなく気分を乗せていったことを思い出す。

人麻呂は不思議な詩人である。その抒情においてもそう思う。はっきりとその抒情の質をこれだとつかみきれないものが残る。黒人や赤人の抒情については、かなり明快なイメージをもつことができる。家持の場合もその抒情のかたちは了解しやすい。この了解のしやすさを、人麻呂の抒情世界の古代性に対する、他の三者の近代性であるともいえよう。さらにいえば、抒情する主体としてのわれがはっきりしているということでもある。それにくらべて、人麻呂のわれは、一首の完結とともに、その輪郭を失い、限りなく変容するような趣きがある。言語空間そのもののひろがりとなってふくらんで行くようなところがある。

荘重といい、沈痛、重厚、渾沌、そして全身的と讃嘆した茂吉の人麻呂評釈は、人麻呂の抒情の特質をよくつかんだ言葉である。とりわけ、全世界を声調の響きによって実現する人麻呂の抒情を、敏感に体得し、ついに歌集『白き山』の達成をみたのは驚くべきことだ。なぜ驚くべきかといえば、茂吉の人麻呂理解がきわめて妥当でありつつ、微妙にすれちがっているからである。今くわしく検討する余裕をもたないが、抒情する主体の位相の問題である。つきつめていえば、近代の写実の理念によって人麻呂の抒情を理解せざるをえなかった微妙なずれにほかならない。

人麻呂の抒情の質を、わたしはむしろ、つねに変容する詩の本質的な軽やかさだと思っている。奥ふかい旋律がたえず流れている抒情。太鼓の響きが、笛の音によって一つの旋律にみちびかれていくような――。渾沌も、沈痛も、荘重も、本質的に柔軟な詩の軽やかさの投げる世界の翳りではあるまいか。

柿本神社は、鉄筋の新庄町庁舎の真裏にあって、鬱陶しく荒れ果てている。わたしは境内に足を踏み入れた途端に、さると呟いた。さる・さる——と呟きながら、扇状形の葛城の斜面を中腹まで上り、何かが見えてくるような気がした。

人麻呂が、石見国に在って臨終に詠んだという辞世の真実性が、ふたたび疑わしく思われるのであった。後世の伝承者による代作であると考えることによって、人麻呂の詩の世界が、わたしにとってかえってリアリティをもってくる。臨終にあって詩人は、こんなかなしげな詠嘆を残すだろうか。もちろん、己れの運命の予感としてならば作りうるであろう。

人麻呂には伝承の影が濃い。その理由についてここで触れるわけにいかないが、伝承がつきまとうところに、人麻呂の抒情の特色があるともいえよう。「ほのぼのと明石の浦の朝霧に島がくれ行く舟をしぞ思ふ」という『古今集』読人しらずの耿が、後世人麻呂の作品として古今伝授されたり、ついには、月のものの障害を治癒するための真言として民間に流布した。比喩的にいえば、鴨山の歌を人麻呂臨終の作とみるならば、この『古今集』読人しらずの歌の方が、はるかに人麻呂の抒情の質を暗示しているのではあるまいか。

人麻呂が伝承の靄につつまれている一つの理由は、その抒情の性格のもたらすものにちがいないというのは、人麻呂の発想が、ことばの深い意味で虚構であるからだ。詩の虚構をふかめることによって、抒情の結晶化を達成した。

み熊野の浦の浜木綿百重《ももへ》なす心は思へど直《ただ》に逢はぬかも
珠衣《たまぎぬ》のさゐさゐしづみ家の妹にもの言はず来て思ひかねつも

たとえば巻四の相聞では、読人しらずの民謡歌の分厚い層を潜りぬけてきた詠嘆がある。民謡歌の途方もなく分厚いプリズムを通過してきた光線のような抒情ともいえよう。「夏野ゆく牡鹿《をしか》の角《つの》の束《つか》の間《ま》も妹が心を忘れて思へや」の民謡性は、巻七より巻十四までにみられる『人麻呂歌集』の、民謡性の濃いたくさんの歌群と、その抒情をほとんど同じくする。

児らが手を巻向山《まきむくやま》は常にあれど過ぎにし人を行き纏《ま》かめやも
劒太刀鞘ゆ納野《いりの》に葛引く吾妹　真袖《まそで》もち着せてむとかも夏草刈るも
玉かぎる夕さり来れば猟人《さつひと》の弓月が嶽に霞たなびく
妻ごもる矢野の神やま露霜ににほひそめたり散らまく惜しも
巻向の檜原もいまだ雲居ねば子松が末《うれ》ゆ沫雪流る
隠口《こもりく》の豊泊瀬道はとこなめのかしこき道ぞ恋ふらくはゆめ
人言《ひとごと》の繁かるときに吾妹子し衣にありせば下に著《き》ましを

思いつくままの歌を引用したにすぎないが、ここにも人麻呂の文学の幽《かく》れた土壌がみえる。この影の土壌を、人麻呂の文学の底にある伝承といってもよい。

『人麻呂歌集』の無名性の世界が、人麻呂の抒情の本領でないことはことわるまでもあるまい。ただこのおびただしい類型から、いかにして個性的な抒情の結晶をなしえたか。すくなくとも、この幽れた土壌は、人麻呂のつかみがたい抒情の原質を示唆する何かであろう。

この関係は、まったく逆の視点からみると、公的な宮廷詩人としての人麻呂と、その詩的本質とのかかわり方とに共通するのではないか。公的な儀式の作詞者だけではなく、別離の相聞や、泣血哀慟の挽歌の詩人をもふくめてもよいと思う。人麻呂におけるこの長歌詩人の土壌を、かりに顕《あら》われた土壌とするならば、相反する二つの土壌は、伝承性と詩的虚構によって共通する。

人麻呂の歌が、『万葉集』の他の代表的な歌人と違う点は、目に見えない胎盤のように長歌をもっていることである。もちろん、赤人にも家持にも長歌はみられるが、その長歌は短歌発生の母胎としてのエネルギーをもってはいない。短歌は始めから独立して存在することができた。その点、人麻呂の短歌と長歌のかかわりは宿命的だといってよい。古代長歌の完成者人麻呂が、長歌の胎内から抒情詩としての自らの短歌を創造した。かつて、山本健吉氏はこの意味を、人麻呂は短歌において詩の自覚に到達したと述べ、意識的詩人の誕生と言った（『柿本人麻呂』）。

山本氏は、「近江の荒れたる都を過ぐる時、柿本朝臣人麻呂の作る歌」を分析し、公的儀礼歌としての長歌の裏側からきこえる作者の隠微な声をききとめて、それを長歌様式の崩壊の前兆であり、抒情詩誕生の陣痛のうめきだと述べた。この反歌独立の過程を、「長歌様式といふ没個性的な契機を通過することによつて、人麻呂における個性的なものが表現に到達してゐる。反歌とのあいだに唱和的な世界を形作り、一種の反省として、自覚としての詩に化するのである。長歌といふ神話的・共同的基盤の上で、短歌は自己結晶を遂げるのだ。」と、山本氏の述べている点は、人麻呂の抒情の根底を示唆するものだ。

ところで、見えない胎盤のような長歌を背後にもっている短歌とは、どういうことなのか。むろん、長歌の様式は亡び脱ぎすてられたものであるが、それゆえにかえって長歌発想のモチーフは、抒情する主体の内面にすべり込む。

もののふの八十《やそ》氏河《うぢかは》の網代木《あじろぎ》にいさよふ波の行く方知らずも

淡海《あふみ》の海夕波千鳥汝《な》が鳴けばこころもしのに古《いにしへ》思ほゆ

人麻呂の抒情を支えている胎盤としての長歌なるものの所在は、この巻三の羇旅歌においては見やすい。巻一の近江荒都を過ぐる時の長歌の反歌と近いからである。

長歌は、その様式において虚構の言語空間である。人麻呂においては、徹頭徹尾、代作なのである。代作によってこそはじめてよく見える真実もある。かかる想像力の実現が可能であったのは、長歌に盛り込むべき意味内容の奥に、根源的な主題としての鎮魂があったからであろう。それはことばの発生そのものにかかわる人間のパトスにほかならないからである。

この意味で人麻呂の抒情の特色は、個の詠嘆を超えた主題を主体としてもっていることでもあろう。厳密にいえば、鎮魂という人間の根拠に根ざしたきわめて呪的な主題の中から、言語表現によって蘇る生命的な自己発見なのである。

稲日野《いなびの》も行き過ぎかてに思へれば心恋しき可古《かこ》の島見ゆ
留火《ともしび》の明石大門《あかしおほと》に入らむ日や漕ぎ別れなむ家のあたり見ず
天離《あまざか》る夷《ひな》の長道ゆ恋ひ来れば明石の門《と》より大和島見ゆ

この人麻呂の羇旅歌を、おなじ巻三にある高市黒人の羇旅歌とくらべて、その抒情質の相違を鑑賞する愉悦は小さくない。

旅にしてもの恋しきに山下の赤《あけ》のそほ舟沖へ漕ぐ見ゆ
わが舟は比良《ひら》の湊に漕ぎ泊《は》てむ沖へな離《さか》りさ夜更けにけり
いづくにかわれは宿らむ高島の勝野《かちの》の原にこの日暮れなば

さらに、自然の風景を詠んだ次のような『人麻呂歌集』の歌と、赤人の歌を並べてみるならば、いっそう人麻呂の抒情のもつ呪的旋律がはっきりしてくる。

ぬばたまの夜さり来れば巻向の川音《かはと》高しも嵐かも疾《と》き
ぬばたまの夜の更けゆけば久木《ひさぎ》生ふる清き川原に千鳥しば鳴く

御食《みけ》向ふ南淵山の巌には落《ふ》りしはだれか消え残りたる
田児の浦にうち出でて見れば真白にぞ不尽《ふじ》の高嶺に雪は降りける

歌境の清澄さと、抒情のすこやかな統一感においては、赤人の歌がむしろ立ちまさるとおもわれるが、発想の動機に異質なものを人麻呂の歌はありありと感じさせる。その密度のたかい自然の形象は、わたし達の情念の奥ふかくに未知なる恐怖の共同性のような感情を呼びさます。こうした人麻呂の世界を、わたしはひそかに縄文と呼んでいるが、日常的経験からなされる個の詠嘆からへだたることの遠さを思うばかりである。といっても、人麻呂を神秘的に考える必要はあるまい。むしろ、誰よりも素朴な職業的御用詩人であるという意味では、平明な存在なのである。ただ、人麻呂の多様な歌を読んでいると、人麻呂のわれは、時として変容し、輪郭があいまいになり、微小となり、しばしば見失うのであるが、その時こそ、人麻呂の形象の個性に触れているのかもしれない。

人麻呂の歌は、虚構の世界のものではあるまいか。白鳳期というすざまじい神々の喪失の時代を生きた人麻呂の歴史の感覚は、詩の虚構を、生き方・思想にまで高めたとおもわれる。

虚構をふかめるというのは、他界からの認識の眼をもつことであるのを、人麻呂の歌は苦しげに告げているのではないか。


鴨山の岩根し枕《ま》けるわれをかも知らにと妹が待ちつつあらむ

伊勢行幸の時　京に留まる歌

橋本達雄

玉裳の裾

持統天皇は諸方に行幸することの多い天皇であった。度重なる吉野行幸については述べたが、かなり遠方まで足をのばしたのは、持統四年の紀伊国と同六年の伊勢行幸であった。興味深いのは譲位後の大宝元年、再び紀伊に赴き、翌二年には伊勢を含む三河・尾張・美濃などをめぐっていることで、その後間もなく崩御しているのである。曾遊の地を再訪した理由は分からない。このことはともかく、人麻呂は二度の紀伊行幸には従っているが（前述）、伊勢方面へは二度ともお供していないようである。この事情もよく分からぬが、持統六年三月の折には都に留まって行幸先をしのぶ短歌三首を残している。題詞は「伊勢の国に幸す時に、京に留まれる柿本朝臣人麻呂の作る歌」とあり、その書きぶりや人麻呂作とある短歌だけの作品で年代の分かるのはこれだけということからして、純粋に個人的感懐を歌ったものというより、行幸先の親しい人々を思い描きつつ、その帰りを待つ留守の人達の面前で作られ、披露されたものであろう。

鳴呼見《あみ》の浦に舟乗《ふなの》りすらむをとめらが玉裳《たまも》の裾《すそ》に潮満《しほ》つらむか（巻一―四〇）
釧着く答志《くしろつたふし》の崎に今日《けふ》もかも大宮人《おほみやひと》の玉藻刈るらむ（同―四一）
潮騒《しほさゐ》に伊良湖《いらご》の島辺《しまへ》漕ぐ舟に妹《いも》乗るらむか荒き島《しま》みを（同―四二）

一首目は「鳴呼見の浦」で舟遊びに興ずる女官たちの美しい裳の裾に寄せる潮を想像によって描き上げている。この浦は鳥羽湾小浜の入海とする説（注釈）が有力で、今もアミノ浜と呼ぶという。「をとめら」は若い女性の群像をいう。女帝の行幸にふさわしく花やいだ女官たちである。「玉裳」の「玉」は美称。「裳」は長いスカート状のもので多くはひだをもち、裾を引いて歩む。前章でも泊瀬部皇女が裳裾を引き荒野をさまようさまが美しく歌われていた。この歌は後に伝誦されて「赤裳の裾に」（巻十五―三六一〇）となっていることや、他の例から裳は赤が一般的であったようだが、高松塚古墳壁画によれば、緑や青・黄なども赤とともに縦縞様に交っていて、かなりカラフルなものもあったことがわかる。その美しい裳の裾に今、潮がひたひたと満ち寄せていることだろうか、というのである。裳裾が水に濡れて脚にまつわりつき、その輪郭があらわに浮かび上がる光景を想像したもので、明るいエロチシズムがある。今日からは想像もできないが、万葉には裳裾を引く女性のたおやかな姿に憧れる歌が多く、

住吉《すみのえ》の出見《いづみ》の浜の柴な刈りそね　をとめらが赤裳の裾の濡れて行かむ見む（巻七―一二七四）

も柴に隠れて浜辺を行く女性の脚をのぞき見しようという趣向の歌である。これが人麻呂歌集の旋頭歌であることも、やや卑俗な次元の歌であるが、つながりがあろう。こうした世界を和歌に持ち込んだのも人麻呂であったらしく、以前の歌には見られない。

一首はさんさんと照り注ぐ明るい日差しのもと、真青な空と海を背景に、白い波頭がきらめきつつ、印象的なおとめの裾をめぐって寄せる光景を美しく色彩感豊かに表現している。二句目の「らむ」と五句目の「らむか」が照応し、はずむようなリズムを作っているのも一首の明るさを引き立てている。ちなみに行幸は三月六日（太陽暦三月二十八日）出発、二十日に帰京しているので、これは十日前後の歌であろうか。

答志から伊良湖へ

人麻呂の想像は小浜から東北の海上にある答志島の岬に向かって繰り拡げられる。二首目はその岬で、今日も大宮人が美しい海藻を刈って磯遊びをしているであろうか、と歌ったのである。「釧着く」は「答志」の枕詞。釧は銅・玉石・貝などで作った腕輪で、釧を着ける「手節《たふし》」（関節）の意でかかる。ここにしか見られぬ独創的なもので、南側の海上から見る島の形態にもとづくのではないかとする説がある（米田進《こめだ》「枕詞『釧つく』について」『万葉』第八四号、昭和四九年六月、稲岡耕二『鑑賞日本の古典2　万葉集』）。あたかも釧をつけた腕をのばしたようだというのである。「大宮人」は男女いずれにもいうが、ここは前の「をとめら」を別の語で表現したものと見たい。藻を刈るのは本来海女の生業としてのものだが、大宮人のそれはみやびであり、それを典雅な「大宮人」なる言葉を用いて、おとめらが浪とたわむれつつ遊び興ずる光景を思い描いたのである。「釧」は本来呪具だが、この頃では主として女性の装身具であった。「釧着く」の枕詞を初句に据えたのも、大宮人が女官であることを暗示していよう。

三首目は、「鳴呼見」「答志」と一、二首で詠み込まれた地名を一直線に延長し、視線は海上はるかな「伊良湖」へと注がれる。「潮騒」は潮流が風とぶつかって生じる波のざわめきである。その何か不穏なけはいの漂う伊良湖の島べを漕ぐ舟にあの娘《こ》が乗っていることだろうか、あの浪風の荒い島のあたりを、と留京の人々の気づかいを歌って一連を閉じたものと思われる。「島みを」の「み」はあたりの意。「を」は場所を示す格助詞だが、末尾にきていることで、おのずから詠嘆がこもり、「荒き島みであるものを」の意を含む。また、歌中の「妹」をめぐって、人麻呂の恋人が従駕の中にいたのだと考える説がある。第五章の考察からこの頃人麻呂に女官の恋人がいたと考えられるが、ここはそうした個人的なことを歌う場でなく、留京の人々の心を代弁しつつ歌っていると考えられるので、とくに恋人がいたかどうかを考える必要はないであろう。この歌は「同じく舟中の女官ではあるが、前の歌の平穏な光景であったのに較べ、これは女官としては不安を感ぜしめる想像であるところから、その気分から親しんで主観的な呼び方にかえさせたものととれる」（窪田評釈）と解すべきであろう。

こうして三首は視点を一直線にほぼ西から東へ次々と移動させながら、明るく楽しい行幸の遊楽を浮かび上がらせるとともに、旅の危険と不安を気遣う留守の人々の心情をひきとってしめくくったものと思われる。

今日、鳥羽の小浜に立ち、やや東北を望めば相対する位置に答志島の崎が見渡され、そのはるか奥に遠く伊良湖岬がかすんで望見できるのであり、人麻呂の想像が徐々に洋上に向かって展開してゆくさまを追体験できる。この歌い方および「釧着く答志の崎」が島の形に基づくとすればいうまでもなく、また伊良湖付近の潮流にも通じていることからすると、人麻呂は必ずや以前この地を訪ねていると思わせる。だが、人麻呂が伊勢へ行ったという記録はもちろんなく、宮廷に出仕してからもこの行幸以外に機会はなさそうなのである。では人麻呂はいつ伊勢に行ったのだろうか。

以下は想像に過ぎぬが、私はこの行幸に先立ち、あらかじめそのコース選定や諸設備設営、国司との交渉などのために派遣された下見役の一人として、行幸のコースをひとわたり巡察しているのではないかと思う。行幸に先立つ造行宮司、装束使などの任命は『続日本紀』にしばしば見られ、大宝元年九月の紀伊行幸の際は約一か月前に行宮設営などの使を派遣していることがわかる（なお延喜太政官式参照）。こう考えると、臨場感に富む生き生きとした歌い方も諒解されるのではないか。京に留まった理由も、行幸には一部の責任者が随行すれば済むので外されたのだと思われる。留守の人々の前で歌を求められ、それを現在の推量で的確に歌い得たのも（「今日もかも」など）、日程表まで頭に入れていたからではあるまいか。

高市麻呂の諫言

この行幸には一つの挿話が伝えられている。書紀によればこの年二月十一日に、三月三日から伊勢へ行幸するとの詔が発せられたのだが、十九日、中納言三輪高市麻呂は上表して、「行幸によって農事を妨げてはなりません、お留まり下さい」と諫言したのであった。だが天皇はこれを聞かず、三月三日広瀬王らを留守官に任命した。そこで再び高市麻呂は、その職を賭して、「農作《なりはひ》の節《とき》、車《き》駕《み》、未だ以て動《ゆ》きたまふべからず」と諫め申し上げた。しかしこれにも天皇は従わず、三月六日遂に行幸に出発したというのである。この行幸の目的の一つに壬申の乱の折天武天皇に神助を与えた伊勢神宮を、天皇家の皇祖神の宮にまで高め、大切に祭るための参拝があったことはいうまでもあるまいが、このことはもともと大和の守護神で天皇霊の籠る神山としてあった三輪山の神の地位の低下につながることでもあった。そこで三輪神の神主であり、三輪氏の長である高市麻呂が職を賭してまで諫止しようとしたのであろうとする見解がある（比護隆界「万葉の歌人」『古代日本の二人の主役』笠原一男・黛弘道編）。農作の時節を理由とする儒教的政治思想に基づく王者観から出た諫止と考える説の上に、この信仰上の問題に発するとする見方も加えておくべきであろう。

では天皇はこの時点でなぜ伊勢行幸を企画したのであろうか。その目的について、従来とかく天皇の奢侈逸楽の面から捉える見方があったのに対し、直木孝次郎は藤原宮の造都という大事業を開始するにあたり、諸国に恩恵を施し不満を封じておく必要から立案されたのではないかとしている（『持統天皇』）。書紀の造都関係の記事は、この行幸の前後からにわかに活潑化し、帰京後の五月二十三日に藤原宮地の鎮祭、同二十六日には新宮のために伊勢・大倭・住吉・紀伊の大神に奉幣し、六月三十日天皇は藤原宮地に行幸している。直木の推察は当たっているであろうし、伊勢神宮参拝もこの大事業の無事な完成を祈願する目的が大きかったのであろう。ついでにいえば、今あげた五月二十六日の奉幣記事中に、住吉・紀伊が見えることは、四年九月の紀伊国行幸もまた藤原宮造営と深くかかわるのではないかと考えられてくる。

人麻呂がこれらの政治的背景をいかに受けとめていたかは知るすべもないが、天皇の行動に対して批判の余地があるはずもなく、それゆえに、のびやかに明るく、行幸先で遊興するさまを歌い得たのである。

詩と自然――人麻呂ノート

佐佐木幸綱

一

　詩について考え、そして自然について考える。私は、かつて自分の歌集『群黎』の後記に、「歌うことの基盤に、私は私の中でもっとも『自然』である部分、つまり内臓的な生理感覚とか動物的な本能とかを据えようと試みた」と書き、「ところで、ヨガの行者は自分の内臓を自在に統御するという。これは志で世界に触るということか。自らが自らの『自然』なる部分に徹するということか」と書いた。人間が、さらに私が、自然全体の意志によって生かされているとするならば、私が生きるそのことの中にすでに自然の意志は具現されている筈である。とするならば、私自身が大きな自然の環の、あるいは帯の微小な一点として存在するとの認識に徹しきり、徹しきることによって私の内へ内へと深く入り込んでゆくならば、その深みのつづまりのところで人間の全体、自然の全体を照らせるのではないか。

この考え方は間違ってはいないだろう。しかし、いかにも苦しい。苦肉の策である。私をここまで追いつめたのは、私から自然が遠ざかっていってしまって、手持ちの札はこれしかないというぎりぎりの気持ちであった。私が日常生活の中で感得し得る自然は、食事をし、排泄し、セックスをする私の肉体に、それらを内側から命令する自然のリズムが肉体自体の内側に棲んでいるらしいことを実感するように意識的に自然を自然として感得する習練を積まないかぎり、日々私から遠ざかってゆくのではないかという、寒い認識がこの文章を書かせたのであった。

この寒い認識は私のみのものでもないようである。現代を生きる誰もが、この寒さに耐えているようだ。たとえば、現代詩に死をテーマにした作品が極端に多いという事実。現代詩人が死を書きたがるのは、あるいは書かざるを得ないのは、死という個人にとっての極限の場においてしか自然のリズムに触れ得ないという寒い認識があるからであろう。彼自身、自然によって生かされている自然の一点であるわけだから、彼の詩は常に自然によって呼ばれている。彼は彼の生にとって絶対である死の淵に身をのり出すことでそれに答えようとするのである。さしあたって、それ以外の答え方が見つけ出せないからなのだ。

自然を考えるとき、いつも思い浮かべる対話がある。タゴールとアインシュタインが一九三〇年にベルリンのアインシュタイン邸で交したという対話である。

タゴール　「つまり、物質は陽子《プロトン》と電子《エレクトロン》とから成り、両者の間には間隙《ギャップ》がありますが、物質は固体のように見えます。同様に、人類は個々の人間から構成されていますが、彼らは互いに人間関係という相互連携をもっていて、それが人間の世界に生きた結合の堅さを与えているのです。同じようにして、全宇宙がわたしたちとつながりをもっています。ですからそれは、人間の宇宙と言えましょう」

アインシュタイン　「それでは、真理や美は人間とは無関係に独立して存在しないというのですね？」

タゴール　「そうです」

アインシュタイン　「真理は人間性とは無関係に確かな実在の根拠をもつ事実として理解されなければなりません。このことを、わたしは科学的に証明することはできませんが、固く信じています。たとえば、幾何学におけるピタゴラスの定理は、人間の存在とは関係なくほぼ真実といえる何かを表わしていると、わたしは信じています」

（森本達雄訳「実在と本性について」昭和46・11『ユリイカ』）

長くなるので、引用は私が勝手に抜粋したものであることをお断りしておく。この後、タゴールが反論しているのだが、これだけでも両者の基本的な対立点は十分明らかだろうと思う。われわれの詩は、「真理は人間性とは無関係に確かな実在の根拠をもつ」か？　という、恐ろしい根源的な問いにタゴールとともに答えてゆかなければならないのだ。タゴールの言う、ミニマムなもの同士の関係によってマキシマムなものが成り立っており、だからミニマムなものはその関係ゆえにマキシマムなものを包括している。全宇宙はこの原理で把握し得るとする見解は、相対性と絶対性は楯の両面であるとの認識の底辺を支える大文字の絶対として人間を把握することでなり立っている。逆に言えば、人間は、宇宙の全体との多元的かつ有機的な関係によってあくまでも相対化されつつある存在であるゆえに絶対なのだ。

私の認識が寒いのは、私の内臓が自然の全体と相対的な関係を保っているらしいと感じるほどには、私の存在自体にそれが感じられないからだ。自然とは、自然全体の有機的かつ多元的な関係と、その関係によって生ずるリズムと変化である。文明は自然のリズムからどんどんわれわれを遠ざけて来た。人工の時間に馴らされたわれわれは、自然のリズム、自然の時間を忘れかけている。われわれは海を前にしても、自然対自然の関係をそこに感応することができなくなっている。今やわれわれにとっての自然は、想像世界の中に擬自然としてあるほかにありようがないのだ。擬自然の海がなんと多くの詩歌の雑誌にあふれていることか。

われわれの直面する問題はここにある。私、そして擬自然。私は人間の想像力の価値を毫もうたがわないけれども、過信された想像力は自家中毒を起さざるを得ないのだ。私が、私の内へ内へと深く入り込んでゆくときに、その過程で遭遇する擬自然である昼や夜、海や山は、真の意味で私を相対化することはない。われわれが反自然と呼ぶものも、そこでは擬自然に対する反であって、本来の意味での反自然たり得ることはない。われわれのことばではもはや自然が想像できないのではないか。そんな絶望的な気持ちがきざして来る。また、いま思う。ある座談会で、俳人の高柳重信が「青空」という美しい語が虚語になってしまったと言っていた。実体を失ったことば。ことばは、そしてわれわれは、内側にも外側にも自然を遠ざけて来てしまったのだ。われわれの詩が、自然の全体に呼ばれてうたわれることはもはやないのだろうか。

二

私は、ここで迂遠な道をたどらなければならない。たった一首の歌を読み込むことで自家中毒から救われようとは思わないけれども、とにかく、風穴をあける努力はしてみなければならない。長い間、柿本人麻呂の次の一首が気にかかって仕方がない。従来の先進たちの理解では納得がゆかないのだ。それは、

東の野《ひんがし》に炎《かぎろひ》の立つ見えてかへり見すれば月かたぶきぬ　（巻一・四八）

という有名な歌である。人麻呂はなぜ「かへり見」たりしたんだろうという疑問。これが解ければ、風穴があくかもしれない。

薄明の冬野に立って東天の曙光を見る作中人物は人麻呂自身と考えてよいだろう（後の引用文中にあるように、山本健吉氏は作中人物を軽皇子と考えておられるようだが、私はその見方には不賛成である）。

人麻呂が、東天の曙光を単に景色として眺めていたならば、彼は「かへり見」たりはしないはずだし、また「かへり見」る必要もない。これは、彼の他の歌のうたいぶりから言えることであり、この歌自体の構造上の問題からも言えることだ。伊藤左千夫は、「かへり見すれば」は「俳優の身振めいて」嫌味だといったが、この歌が空間的な景色のみをうたった歌だとするならば、このような感想が出てくるのも或る意味で当然であって、茂吉のように、左千夫の批判は見当はずれだとして簡単にかたづけてしまうわけにはゆかないだろう。どうしても「かへり見すれば」が一首の中で浮いてしまっているからだ。とすると、この歌は単に景色をうたった叙景歌ではないのではないか、人麻呂の目は実は別な何かを見ていたのではないか。そんな気がして仕方がないのである。この歌を叙景歌という範疇でとらえようとしたときに、われわれは自然から一歩遠のいたにちがいない。人麻呂にあってわれわれには無い自然に感応する詩的感性から目を外らしてしまったせいであろう。

夜明けの曠野のただ中に一人立つ男。男は、地平線上の太陽と月を前後に置く直線上の中点に突っ立っている。そこは無音の世界。完全なる静寂。歌はこういう情景をイメージさせる。いわゆる風景描写では全くない。

言うまでもなく、この歌は、万葉集巻一に収録されている歌で、「軽皇子の阿騎野に宿りましし時」の長歌一首、短歌（反歌）四首からなる一連の作中第四首目、短歌の三首目に置かれた歌である。この一連は持統六年（六九二年）冬の作かと考えられるが、人麻呂は、未だ十歳の少年皇子軽に従って、三年前に没した軽の父草壁皇子ゆかりの狩猟地阿騎野にやってきてキャンプで一泊したわけである。一連は言われるように、軽皇子への献歌、究極的には持統に向けられた献歌であったろう。それはともかく、この一首は一泊した翌日早暁の作と察せられる。だから、作歌時の実際の状況を推測すれば、地平線などは見えない小山や丘に囲まれた場所に人麻呂はおり、彼の回りには軽皇子の従者たちが狩立ちの準備のためにあわただしく行き来していたにちがいない。静寂などというものではなかったろう。しかし、作歌時の実際の状況はどうあれ、歌が喚起するイメージは地平線の見える曠野であり無音の世界である。そこにあるのは東の炎と西の月ただそれだけである。

近代以後の万葉研究史では、この歌は純粋な叙景歌として受けとられてきた。そう見ようとした主流は茂吉を頂点とするアララギ派の歌人及び研究者たちであったが、その影響は極めて広く深く現在にまで及んでいる。比較的最近のものを挙げれば、たとえば、次のように解するのである。

「第三首目は、一転して叙景歌である。東雲《しののめ》の光を見て、猟へ出で立つのであり、その待っていた早朝の刻限の壮大な叙景である。ただやはり軽皇子を中心に据えて、東西に曙光・月光を配しそれによって皇子の存在を荘厳《しょうごん》しているものと見てよかろう。『かぎろひ』は陽炎ではなく、東の空の茜色の曙光である。いかにも人麻呂らしい雄渾・壮大な表現だが、やや形式に堕している感は否めない」（山本健吉『万葉百歌』）

「東方に揺らめきつつ山嶺を染める炎と、西の方に空しい白輪をかかげた月と、この凄絶ともいうべき夜明けの風景は、人麻呂の心の象徴の構図なのだ。この月が草壁で太陽が若き軽を意味するという解釈は、詩を解することからは遠い。われわれはここに述べられた情景そのままを体験すればよいのであり、この冬の払暁の、僅かに紅の光芒《こうぼう》がきざしながら、なお暗々とした蒼白の原野が、この人麻呂の心だったのである」(中西進『柿本人麻呂』)

先にもちょっと触れたが、山本氏の「軽皇子を中心に据えて云々」の解は無理であろうと思う。中心はやはり人麻呂自身である。もちろん純粋に個人としての人麻呂ではなくて、あくまでも軽皇子の従者としての人麻呂という制限つきではあるけれども、作中人物と作歌の主体とは一致していると見なければなるまい。ともあれ、山本氏は叙景歌だと言い切っているわけだし、中西氏は注意深く理解に制動をかけることでイメージが展開する余白を残してはいるものの、核心は、寓意を排せ、歌の内容、視覚的な情景そのままにつけ、と言っているわけで、その点で従来のアララギ的な理解と同じ根から出ていると見てよい。

注意すべきは、両者の解がともに「かへり見すれば」の一句に触れていないことである。一首を叙景歌と解したのでは、「かへり見すれば」を詩の問題として説明することができないからであろう。山本氏が「やや形式に堕している感は否めない」としているのは、一首の中心に位置し歌の構造上のポイントとなっている「かへり見すれば」に人間の息づかいが感じられないと見たからだろうと推測する。

この歌が単なる叙景歌ではないとする見方ももちろんある。たとえば、西郷信綱氏の見方。氏は茂吉の『万葉秀歌』『柿本人麿・評釈篇』をとり上げて次のように言う。

「『〈野に・かぎろひの〉のところは所謂、句割れであるし、〈て〉、〈ば〉などの助詞で続けて行くときに、たるむ虞のあるものだが、それをたるませずに、却つて一種渾沌の調を成就しているのは偉いとおもう。』（秀歌）という批評はいい。けれども、これはあくまで叙景歌の枠につなぎとめようとするのは（評釈篇）、近代の偏見にすぎない。叙景でないから『一種渾沌の調を成就』できたはずなのに」（西郷信綱『万葉私記』）

叙景歌ではないとすると、西郷氏はどう理解するのか。氏はアララギが排そうとした理解、うえで中西氏が否定していたところを表面に立てる。

「阿騎野は日並皇子の形見の地であった。したがってその子、及びその従者たちから成るこの一団の人々には、阿騎野の景観は、たんに眺められる風光ではなく、もっと親密に神話的に交感したであろう。西空に月が落ちかかっているといっても、明けがたのこの月は大きな自然の一部であるだけにとどまらず、今は亡い日並皇子の記憶を背負うところのその形見の月でもあったはずだ。『月傾きぬ』という堂々たる結句に、同時に荒涼とした哀韻がただよっているのはそのせいにちがいない。阿騎野でのこれらの一群の歌は、挽歌的な倍音をともなっている。挽歌と異なるのは、殯宮《あらきのみや》の儀礼の約束に直接しばられず、時間もある程度たっていて、故人を記憶の世界でしのんでいる点である。『月傾きぬ』の一句に、とくにそういう記憶が奥深く封じこめられているのが感じられる」（同上）

月と草壁皇子がダヴル・イメージされている、とする理解は西郷氏の創見ではない。近代では窪田空穂がひかえ目ながらこの理解をとっている。しかし、「一種渾沌の調を成就」できたのはこの歌が叙景歌の枠につなぎとめておくことのできぬ何かを表現の中に現出しているからだ、とする指摘は鋭い。

では、氏は「かへり見すれば」をどう見ているか。引用のすぐ後で、うえの左千夫の評をひきあいに出し、それは一首を「叙景歌あつかい」にし、「もっぱら静観的に受けとるのにもとづく反応」であるとしてこれを退けたうえで、「身振りというより、それは『とりよろふ、天の香具山、登り立ち、国見をすれば、国原は、……』（一・二）などと同じく純粋に行為的で、声調も、ヒムカシノ、カギロヒノ、カヘリミスレバ、カタブキヌと打ち重なりつつ、静的でない動的な調和を成しとげていると思う」（同上）と書いている。「純粋に行為的」というところがどういうことを意味するのかよくわからないが、行為は、たたみ込むようなK音の連続する強いリズムの中で、内容的に、ごく自然な動作として感得される、といった意味だろうか。

私のこの理解がとどいていればの話しだが、西郷氏の見解でも「かへり見すれば」は捉えきれていない、と言うべきだろう。氏は用心ぶかく言っておられるが、月＝草壁皇子の寓意を表だててしまうと、東には曙光があり「かへり見すれば」西の沈みかかった月がある＝前方に立太子前の軽皇子がおられ「かへり見すれば」先年世を去られたばかりの前皇子草壁がおられる、というあまりに図式的な何の詩的なふくらみもない一首になってしまうのだ。これでは「かへり見すれば」は、まさに形式的そのものである。この歌の上句は旧訓で「東野《あづまの》のけぶりの立てる所見て」とあったのを、真淵が「ひんがしの野にかぎろひの立つ見えて」と読み改めたわけだが、これだったらまだ旧訓の方が詩的渾沌があって歌のふくらみがあると言えそうである。

三

人麻呂はなぜかえり見たのか。もう一度歌を虚心に読み返してみよう。あらためて眺めてみると、一首は実に無気味な歌に見えて来ないか。中西氏は「凄絶」と言っていたが、ここに現出された詩的空間は、この世以外の場所の景色を示しているように見えてくる。東西の日月は静止しているかの如くで実はゆっくりと動いている。結句の原文が「月西渡」となっているのを知らなくてもこの動きは感じとれるはずである。なぜなら、「かへり見すれば月かたぶきぬ」を原文に忠実に口語訳すれば、かえり見ると月がかたむいた、であって、通常訳されているように、月がかたむいていた、とはならないからだ。身も蓋もない言い方をすれば、かえり見たのでかたむいた、もしかしてかえり見なかったらかたむかなかったかもしれない、というニュアンスがこの表現に含まれているわけで、このニュアンスが月を動かしているのだ。これを人麻呂の側から言えば、月が唐突に動きそうな気配を感じた、だからかえり見たということになりはしまいか。

私は、いつか画集で見て強烈な印象を受けたエルンスト「全都市」の月を思い出す。或いはその逆で、人麻呂のこの歌の月が私の心にあったから「全都市」の月に強烈な印象を受けたのだったか。泥の階段のような茶色の都市の上の茄子色の空。その中央に突然ある巨大な満月。突然あるとは奇妙な言い方だが、そうとしか表現しようのない月の在り方だった。それまでそこになかった月が出しぬけに現れたようなと言おうか、それは、ただ在る月ではなく、何か気配を孕んだ月であった。まさか月がだしぬけに動き出しそうだという具体的な気配ではなかったろうが、人麻呂が「かへり見」たのは何かの気配を感じてのことだったろうと私は思う。つまり、一首は風景それ自体ではなく「かへり見すれば」に重点があるのであり、かえり見させた何かの気配がモチーフなのではないかと私は思うのだ。

では、何かの気配とは一体何か。

ここで、この一首を含む一連四首の短歌（反歌）を見ておきたい。

阿騎の野に宿る旅人打ち靡き眠《い》も寝らめやも古《いにしへ》思ふに　（巻一・四六）

ま草刈る荒野にはあれど黄葉《もみちば》の過ぎにし君が形見とぞ来し　（巻一・四七）

東の野に炎の立つ見えてかへり見すれば月かたぶきぬ　（巻一・四八）

日並皇子《ひなみしのみこ》の命《みこと》の馬並《な》めて御猟立たしし時は来向ふ　（巻一・四九）

他三首がどれも〈時間〉をうたっていることが注意される。「古思ふ」「黄葉の過ぎにし君が形見とぞ来し」「時は来向ふ」。特に四首目の「時は来向ふ」という〈時間〉を対象化した表現は注目される。四首目の意味するところは、故草壁（日並）皇子がかつてこの阿騎野で猟をされたまさにその〈時間〉がやって来る、というのである。過去の時間が未来からやって来るのだ。これは〈時間〉を時間そのものとして実体化した特異な表現であり、ということは、人麻呂が意識化された時間感覚をもっていて、表現によってそれを乗り越えようとしていると捉えられよう。来るはずのない〈時間〉を来させようとする意志。この一連の基本的なモチーフは、時間の不可逆性とそれを意識によって越えようとする人間の想像力とのせめぎ合いにあるのだ。

この一連以外にも人麻呂は時間の不可逆性とそれに抗おうとする人間の意志をうたった歌を残している。

明日香川しがらみ渡し塞《せ》かませば流るる水ものどにかあらまし　（巻二・一九七）

これは明日香皇女への挽歌中の一首である。「もののふの八十氏河の網代木にいさよふ波の行方知らずも」と同様に、水の流れを眺めている人麻呂だが、彼が見ているのは時間の不可逆性であることは明白だ。川にしがらみを渡したり網代木を立てたりすることは、自然のリズムに挑む人間の意志的な行為である。自然のリズムが変えられるのならば、人間の意識によって、時間もゆっくりと進ませたり、塞きとめたりすることができるのではないか。川を眺める人麻呂はそう思っている。人麻呂は、明日香皇女の死を、時間を塞きとめることができなかった、という表現で嘆いているのである。

さて、もう一度四首を眺めてみよう。四首は、キャンプでの一夜の時間の進行に従ってうたわれているのに気づくだろう。寝についたところから始って、寝つけないさまがうたわれ、やがて夜明け、そして狩への出発と、夜から翌日の早朝にかけて時間は順次進んでゆく。現実の時間はこのように進んでゆくわけだが、一方で、観念の中の時間は逆方向に、草壁生前の時代へとぐんぐん遡っているように見てとれる。眠れないままに、草壁生前の頃を思いつつ観念は過去へ進んでゆき、そして、ついに草壁生前の時間に出遇うのである。一連の中において見るとき、「時は来向ふ」は、逆方向に進んで行った現実の時間と観念上の時間が交叉するクライマックスの表現なのである。

このように考えて来ると、「東の……」の一首もやはり〈時間〉をうたった歌ではないか、と思えてくる。人麻呂は東方の曙光を眺めつつ本当は〈時間〉を見ていたのではなかったか。われわれは、彼が、明日香川で宇治川で、時間を視覚的に把握していたことをうえに見て来た。彼はここでも、進み行く時間を視覚に捉えているのである。

未明の冬空は金属的な感触で澄み透っている。人麻呂が眺めているのは鋸形に炎立つ東天の曙光である。そして、彼が見ているのは、夜を押し上げるようにしてやって来る朝、緊張した現在の時間である。空間は眺めているにすぎない。見ているのは時間である。時と時がせめぎあう森閑たるドラマである。これとはちょうど逆の情景だが、夕映えを描写した三島由起夫の文章の一節が思い出される。

「たとえば夕映えが、夜の侵入を予感するかのやうに、おそれと緊張のさなかに、ひときはきはやかに輝く刹那――、あるがままのかたちに自分を留め、一瞬でもながく『完全』をたもち、いささかの瑕瑾もうけまいとする――消極がきはまつた水に似た緊張の美しい一瞬であり久遠の時間である」（『花ざかりの森』）

人麻呂の歌は、朝が夜に侵入する直前の緊張である。夕映えがきわやかに輝く刹那の終末の美しさではなく、きわやかに輝かんとする前、いわば成る直前の充実である。人麻呂は、この緊張の中で「かへり見」たのである。人麻呂をかえり見させたのは、三島のボキャブラリイを借りれば、「きはまつた水に似た緊張」ゆえの気配だったろうと私は思う。人麻呂は、彼が曙光の中に見た時間の充実ゆえの不吉な気配にかえり見たのであった。

かえり見た人麻呂は、そこに突然に在る月を見る。それは現在を浸蝕する過去、不吉な気配の実体である。彼は、月と故草壁皇子を具体的に重ね合わせて捉えてはいないはずである。なぜなら、月はかえり見させた原因に沿って解されねばならず、その原因はうえに見て来たように時間の問題以外にはあり得ないからだ。

人麻呂はここで、自然そのものに触っているのである。自然のリズムに生かされており、自然のリズムに生きているという感覚。私は気配と書いて来たけれども、殺気と言い換えてもよい。存在することそれ自体の恐怖を瞬間に告知する自然。それを的確に察知する研ぎすまされた感覚。この気配、殺気こそは、地球のリズムと人麻呂の肉体のリズムが感応し合った一瞬を示しており、われわれはこの点を見逃してこの一首を解してはならないだろう。あふれんとした水に似た緊張、充実の一回性は、音楽の中の一つの音のように連続相の中においてのみ存在する仮構の永遠である。その仮構に実体の手触りを通わしめようとしたところに人麻呂の詩的営為を見てゆかなければならないのだ。

ところで、一首に現出された世界は、この世以外の場所の景色を示しているごとくだ、と私はうえに書いた。その景色をあくまでも現実のものとして追体験しようとした人が、私の知っているだけで二人居る。一人は画家で、一人はカメラマンである。現在、橿原市の大和歴史館にある壁画阿騎野の朝を描いた中山正実氏は、現地の地形を測定し、天文台に問い合わせて、太陽と月からちょうどよい角度になる状態の時を推定した。それによると、この歌は持統六年（六九二年）十一月十七日（新暦十二月三十一日）午前五時五十分ころの作。日の出一時間前の曙光と、十度の高さの残月が見えたはずだという。カメラマンの鈴木銀造氏は昭和三十六年十二月二十四日の午前六時ころ、この歌の光景に近いものを体験したという。この一見徒労とも思える徹底した実証主義を私は貴重なものと思うのだ。中山氏の算出した日付と時刻が当っているかどうかは別問題として、人麻呂が東天の曙光西の月を、どこかで、いつか実際に見たことがあったろうことを私は確信する。かならずしも阿騎野でなくてもよい、持統六年冬のことでなくてもよいが、人麻呂は見たのだ。

四

人麻呂は、古代的呪術の世界から覚醒していた歌人だ、と私は考えている。彼が醒めたその直接の理由は、このことの事実関係についての決定的な証拠はないが、彼が壬申の乱という古代最大の戦乱の戦中世代であったからだ、というのが私の推測するところである。彼がその生涯の大半を過した七世紀後半という時代は、天智、天武二人の天皇を中心にした新体制が強力な中央集権化を推進していった時代である。律令体制確立のために、政治面経済面での氏族社会の残滓を処理するに急な時代であった。旧制度から新制度への頭の切り換えが要求される。生きぬくためには現実を直視せねばならない。この現実直視の時代思潮が歌人人麻呂誕生の土壌であったと考えるべきだろう。

しかし、人間の心の問題はそう簡単には変れない。前代以来の呪術的世界の揺曳が色濃く尾をひいている。最後の古代英雄天武の後を継いだ女帝持統が、古代呪術の世界を積極的に生きることで英雄ではない彼女の権威を維持しようとしたという歴史的事実。これは、この時代に古代的呪術が人を納得させるに十分な普遍性と妥当性を未だ持っていたことを端的にあらわしている。人麻呂も、この点で時代社会から独立してあったわけではない。近代の研究者は人麻呂こそが古代呪術の世界に棲む歌人だとして捉えようとしたほどで、事実、彼のいわゆる宮廷讃歌、宮廷挽歌の類にその痕跡を認めることは容易である。しかし、歌人人麻呂の問題は、彼がいかに古代呪術の世界を生きたかの問題にはなく、いかにそれから醒めていたかの問題にある。呪術信仰から自由になることで人間の不幸と苦しみは増大し〈嘆き〉の質は飛躍的に深化する。人麻呂は、日本の詩人として最初にこの〈嘆き〉を嘆いた詩人だったのである。

人麻呂は持統後宮のおかかえの歌人（橋本達雄説）であり、歌俳優（伊藤博説）であったとする考え方が最近の研究者の間で有力な説となっている。彼はいわばプロの作家であって、恋や死を題材にした彼の制作になる歌語りは、その享受者である持統後宮の人々の感涙を絞った、という。彼の歌には大胆に虚構が採用されており享受者たちは虚構と知りつつその想像世界に共鳴した、というのだ。この説を認めるならば——私は大筋において賛成するが——、人麻呂とその享受者をつなぎ両者の間に響き合ったものは、人麻呂の歌にある呪術的世界から自由になったゆえの人間的な〈嘆き〉以外になかったろうと思うのだ。

たとえば、軽に棲んでいた妻が死んだとき、人麻呂が泣血哀慟して作ったとする歌の中に次の一首がある。

秋山の黄葉《もみち》を茂み迷《まど》ひぬる妹を求めむ山道《やまぢ》知らずも　（巻二・二〇八）

ここで人麻呂は妻の死を、秋山の黄葉があまり深いので彼女はどこかに迷ってしまってこの世に帰れなくなってしまった、と表現している。黄葉の黄と黄泉の黄がダヴル・イメージされているだろうこと、当時は屍を山に葬ったことがすでに指摘されており、それに関連する古代信仰が一首の背景にあることは否定できないだろう。だが、一首の焦点が合わせられている下句「妹を求めむ山道知らずも」は、古代信仰から醒めてしまった人間の〈嘆き〉の表現以外ではない。彼女を求めて行こうにも山道をどう辿ったらよいかわからない、という呆然自失の状態の描写の中に、愛した女性の死を人間の〈嘆き〉としてひき受けて生きて行かざるを得ない彼のこれからの時間が、空間的に描出されていることが見てとれる。人一人いない荒涼とした秋山の寂寥をこれからの彼は生きるのだ。

この人麻呂の醒めた在り方が対自然の歌においても表われているのである。古代信仰では、土地土地にそれぞれの国つ神がいて、土地が繁栄するのも衰微するのも、その神の在り方次第だと信じられていた。人麻呂よりやや新しい世代の歌人と考えられる高市黒人（古人）は、荒廃に帰した近江のかつての都を次のようにうたっている。

古《いにしへ》の人にわれあれやささなみの故《ふる》き京《みやこ》を見れば悲しき　（巻一・三二）
ささなみの国つ御神《みかみ》の心《うら》さびて荒れたる京見れば悲しも　（巻一・三三）

黒人がこのように俺は古い人間なのかと感傷し、あるいは国つ神の心が荒廃したので土地が荒れてしまったのだと嘆息した同じ場所で、人麻呂は自然の時間をうたう。

ささなみの志賀の辛崎幸《さき》くあれど大宮人の船待ちかねつ　（巻一・三〇）
ささなみの志賀の大わだ淀むとも昔の人にまたも逢はめやも　（巻一・三一）

湖水や岸辺はそのままだけども、人間の時間は過ぎてしまったという風に。過ぎてしまった人間の繁栄が国つ神の心の在り方の変化に基因すると信じられるなら、その悲しみはどんなにか救われるだろう。自分の未来も国つ神の心次第なら心が安まろうというものだ。だが、自然の時間は人間を容赦することはない。相手が自然では機嫌のとりようもないではないか。昔の人達がそうであったように自分も自然の時間を逃れられないだろうという醒めた人間の、生きることに対する〈嘆き〉が人麻呂の歌にはある。中国の詩の影響もあるだろうが、本質的に彼はそういう歌人だったのである。

だから、「東の……」の歌を単なる叙景歌とは考えられないのと同様に、私にはアララギの歌人たちが写生の歌として推賞した人麻呂歌集の歌「あしひきの山川の瀬の響るなへに弓月《ゆつき》が嶽に雲立ち渡る」「御食《みけ》向ふ南淵山の巖には落《ふ》りしはだれか消え残りたる」を単なる写生の歌と考えることはできない。醒めた人麻呂が、見ていたのは自然の時間にほかならず、あの彼をかえり見させたものと同質の殺気、気配をこれらの歌の中にも感じていたにちがいないと思うのだ。

私は、これまで、私の寒い認識に風穴をあけるために、人麻呂の歌における自然のありようを考えて来た。彼の一首を従来の理解から解き放す過程で、幾分かはその方向が見えて来そうな予感がないではなかった。が、息苦しさは一段と激しくなって来たようでもある。

私はいま一つの問いを負って歩きはじめなければならない。古代呪術の世界から醒めてしまった〈嘆き〉を負った人麻呂が、それでもなお、自然の心、自然の意志を信じようとして呼びかけた意味をわれわれは深く考えなければならないということ。

……いや遠《とほ》に　里は放《さか》りぬ　いや高に　山も越え来ぬ　夏草の　思ひ萎《しな》えて　偲《しの》ふらむ　妹が
門見む　靡けこの山（巻二・一三一）

「靡けこの山　靡けこの山」。谺となったこの一句がいつまでも私の耳に聞こえて来る。人麻呂にとって、詩はいったい何であったのだろう。

虹

都筑省吾

真実をうたつてゐるのが、人麻呂の歌である。時が、過去と現在と重なつてゐたり、空間に、遠近の距離がなかつたり、目に見えないものを見たり、耳に聞えない声を聞いたりしてゐることなどあつたりするが、何れの場合も、実感と実状とを根幹として、その上に立つて真実をうたひ上げてゐる。これが、人麻呂の歌であつたのである。

「大船の　渡《わたり》の山の　もみぢ葉の　散りの乱《みだり》に　妹が袖《そで》　さやにも見えず」妻、依羅娘子《よさみのをとめ》の家は、角《つぬ》（都農）の郷《さと》、恵良、又は、人麻呂神社の西南の丘陵地、神主あたりにあつたものと思はれる。妻に見送られて、その妻の家を発《た》つた人麻呂は、高角山《たかつぬやま》の中腹に通じてゐる道を通つて、江川《がうがは》を渡つた。高角山の中腹に通じてゐた道は、今、万葉の道と呼ばれ、江川の、人麻呂が渡つたであらうと思はれてゐるところは、今、人丸の渡しと呼ばれてゐる。江川を渡ると、そこに、幾重にもたたなはつてゐるのが、「大船の　渡の山の」と、うたつてゐる渡の山であつた。

渡の山から、山脈《やまなみ》を背にし、江川の流れを隔てて、前方（西空）、左に、高角山が望まれる。この渡の山を嘉戸へ向つて越えながら、人麻呂、川を隔てて、妻の郷、角のあたりに見入つて、「もみぢ葉が散り乱れてゐるのに紛れて、妻が振つてゐる袖がよくも見えない」かう言つて歎いてゐるのである。先程《さきほど》、高角山の中腹を通つてゐた時には、左手に、海を背景にして見下ろされてゐる角の郷に向つて、袖を振つて、「石見のや高角山の木《こ》の間《ま》よりわが振る袖を妹見つらむか」と、うたつた人麻呂であつた。ここで、注意されるのは、角の郷は、高角山から見える、が、恵良《えら》は、恵良の前山が邪魔になつてゐて、高角山からも渡の山からも見えない、といふことである。どうしてかういふことをいふかといふに、人麻呂の妻、依羅娘子は、恵良の人で、依羅は、恵良の文字を書き変へたのであるといふ説が、土地の村史に書かれ、この説、今も、郷土に行はれてゐるからである。現に、今年（一九七七）八月には、伊甘の旧国府跡から、二宮、恵良まで、郷土史研究家、大勢で歩いたといふ。人麻呂が、伊甘の国府にゐて、恵良にゐる妻のところまで徒歩で通つたものとして、山寄りの古道二里余りを、試みた、といふのである。このこと、私は、それを試みられた郷土史家、下向の藪田安氏から聞いた。因みに、藪田氏は、この国府には、人麻呂に関する話が何一つ残つてゐない。人麻呂、ここにゐたとしたら、何か一つぐらゐ残つてゐてもいい、と言つてをられる。私は今も言ふやうに、娘子の家、恵良にあつたらうと思つてゐる。が、人麻呂神社の西南、神主あたりの丘陵にあつたかも知れない、とも思つてゐる。

渡の山を越え嘉戸に至つた人麻呂は、嘉戸、浅利、都治《つち》と過ぎ、やがて、海沿ひの道を中の道に取つて、国府の地、邇摩へ向つた。「つまごもる　屋上の山の　雲間より　渡らふ月の　惜しけども　隠らひ来れば」ここの「つまごもる」は、屋の縁を以て成る、屋上山の枕詞。「つまごもる　屋上の山の　雲間より　渡らふ月の」この四句、「惜しけども　隠らひ来れば」を言ひ起すための序。そして、「惜しけども　隠らひ来れば」は、前六句の言つてゐるところの、「妹が袖　さやにも見えず」の意を、繰り返し、更に言ひ進めてゐるのである。かくて、この全十二句、「渡の山に散り乱れてゐるもみぢ葉に紛れて、妻が振つてゐる袖がよくも見えない。その、よくも見えない妻の袖が、今も、屋上山の上の雲間を渡つてゐる月が、雲の中に隠れて終つたやうに、残念ながら、全く見えなくなつて終つた。全く見えなくなつて終つたら……」かう言つてゐるのである。言ふまでもなく、「つまごもる　屋上の山の　雲間より　渡らふ月の」この序、実景を捉へて序としてゐるのであつて、観念の上のものではない。これを、観念の上のものであるとせむか、この作品、盛り上りを欠き、迫力を失つて終ふ。では、その日の人麻呂の道中にあつて、屋上山の上に昼の月が出てゐて、入日が差して来たといふは、何時《いつ》であり、何処であつたであらうか。

　昼の月が屋上山の上に出てゐて、入日が差して来るのであるから、時刻、午後である。すれば、月、正午頃、東に出て、のぼりながら南の空へ廻る上弦の月であり、その日、満月三四日まへ（太陽暦。十一月二十二日）前後であつたであらう。延喜式に、石見国、行程、「上《のぼり》二九日。下《くだり》十五日。」とある。当時、伊甘郷にあつた石見の国府から、平安京朝廷までの行程である。朝集使は、十一月一日（太陰暦、以下、同）、朝集帳を太政官に提出することになつてゐた。が、人麻呂時代は、首都がヤマトにあつた世のことで、朝集使に定められてゐた日程など、延喜式を以てそのまま当て嵌めることは出来ない。ところで、石見にあつて、山のもみぢの散り落ちるのは、十月中旬を中心とした数日の間である。すれば、人麻呂のこの旅の出発、どうやら、十月であつたやうである。

屋上山、渡津附近からは、東方に望まれる。浅利附近からは、南西に望まれる。都治附近からは、西方に望まれる。随つて、渡津附近から望む屋上山の上の昼の月は、夕刻、東の空に出る満月である。渡津と浅利との中間あたりから望むそれは、午後、東南の空に出る上弦の月である。都治附近から望むは、午前、西南の空にある下弦の月である。かう見て来ると、人麻呂が、渡の山を越え、嘉戸を過ぎ、国府の地、邇摩へ馬を走らせながら、屋上山の上の昼の月を眺めたのは、渡津と浅利との中間あたりからであつて、その月は、十月十日頃から十三日頃に亘《わた》り、正午頃から夕刻近い頃までの間、東の空から南の空にかけて見えてゐる上弦の月であつたといふことになる。そこで私は、この日を、十月十二日(太陽暦、十一月二十二日)を中心とする前後の日であらうと推定した。人麻呂が通つたと思はれる道は、今の海岸沿ひの道の南の山道で、この山道に、屋上山を望み得るところがあつた筈である。さういふわけで、私は、嘉戸から浅利に出る山中の尾根道、古道の上に、人麻呂が、屋上山の上の昼の月を見たところ、あつたとした。そして、時は、十月十二日前後、午後三時過ぎとした。

三年ばかり前の晩秋初冬の頃、河出朋久君と石見に数日滞在してゐたことがあつて、その折、人麻呂が屋上山の上の昼の月を見た、その場処を確めようとした。この時は、江津市役所の厚意で、参考地図の写しを手にすることが出来たり、その方の人の案内を得て、古道を探つたりすることが出来た。が、雨が降つたり、氷雨となつたり、天気の日は、黒い大きな雲が空にいくつも散らばつてゐたりして、見たいと思つてゐる昼の月が、ろくろく顔を見せない中に、大事な日が経つて行つて終つた。

明日は、もう帰らうといふ日であつたと思ふ。屋上山の前を後にした車が、江川を渡つて江津の街に這入つて来ると、河出君は、車を左へ曲らせた。左へ曲れば、高角山登山道である。登山道をだいぶ来たと思ふ頃、河出君は、車を止めさせ、「このあたりだといふことでした」と言ひながら外に下り、林の片蔭の細道を走つて行つた。走つて行くと、直ぐ戻つて来て、「Hさん、留守で、奥さんがをられた」と、言つた。Hさんは、今度私達が世話になつた方達の中の一人であつた。車に戻ると河出君は、「宿に帰るにはまだ早いから、もう少し登つてみませう」と言つた。

車は、山道を登つて行つた。高角山の中腹を回《めぐ》つてゐる万葉の道を横切つて、更に登つて行つた。万葉の道を、二三日前、Hさんら市役所の人に案内してもらつてゐる時のことであつた。「月が出てゐますよ」同じ市役所のMさんが、かう言つて笑みかけ、月を仰いだ。もう人麻呂の月ではなくなつてゐる下弦の月が、高角山の右肩の上の朝空に、白くかすれて懸つてゐた。この万葉の道は、その時から三年ばかり前、バスに乗りあはした土地の高校生に案内してもらつたことがあつた。案内を頼むと、高校生は、快く頷き、バスが跡市に着くと、停留所の直ぐ前の洋品店に鞄を投げ込んでおいて、先に立つて歩き出した。私は、家の子を連れてゐたが、家の子も、その時は、先に立つて大股に歩いて行く跡市の洋品店の子と同じ年頃の高校生であつた。
車は、いくらでも登つて行つた。「この辺《へん》でいいとしよう」平地が開けてゐるところがあつて、かう言ふと、「この運転手さんなら大丈夫です」河出君は、かう言つてにこにこしてゐる。運転手は、「私も、ここからは登つたことがありません」と言ひながら、若い運転手なので河出君と気があふと見え、面白がつて登つて行つた。頂上に着いた。頂上に着くと、折角ここまで来たのだからといふことになつて、右へ曲つて尾根づたひに車を進ませて行つた。テレビ塔のあるところを通つて、枯草の生ひ茂つてゐる中の小道を、凸凹道などもあつて、車を進ませて行くと、柵があつて、行き止まりになつてゐた。柵の中は、史蹟、烽台《のろしだい》の跡であつた。そこで、三人、誰も誰も車を下りると、外には氷雨がばらついてゐた。

私達は、氷雨が頬を掠める高角山の絶頂、烽台の柵の前に立つて、海に対ふや、あつと声を上げた。天地一変して、ここには、一大パノラマが展開されてゐた。左手、西北の海上を鎖《とざ》してゐた雲を引き裂いて、今、夕日が顔を出したところであつた。大空を覆ひ尽してゐた黒雲は、ところどころ割れ始め、割れ目から、澄み透つた青空が覗いてゐた。暗い重い曇り空の下《もと》に、荒れ狂つてゐた高浪が、一斉に明るく輝き出してゐた。

が、中にも、私達の目を捉へて離さないものがあつて、きらめき渡りかがよひ渡つてゐる海岸線が、それであつた。「石見《いはみ》八《や》重葎《へむぐら》」に、「東ハ雲州日の御崎より西は長州三嶋の沖まで凡百余里を……」とあるも、これで、東から西へ一続きになつてゐる、この、出雲、石見、長門、三国の海岸線は、折柄、雲を破つてきらめき出した初冬の斜陽を浴びて、ぱつと華やかに輝き出し、目もくるめくばかりに、かがよひ渡りきらめき渡つてゐるのであつた。

真下、角の郷、現、都野津町あたりの右方に目が行くと、ここに、白布に似たものが拡がつてゐるのは、大河、石見太郎であつた。安芸に発し、芸備両国の間を通り、野を過ぎ山を越えはるばると流れ来て海に注がむと、江川、石見太郎は、折しも、夕日に映えて、河口の一ところを赤赤と染めてゐる。その江川の河口、右に接して、渡津の入江が、美しい弧を描いてゐた。この、弧を描いてゐる入江の線、真つ白な線となつて光つてゐるのは、打ち寄せる浪が、そこで砕けて飛び散つてゐるからであらう。

高角山の巓《いただき》から見下してゐると、渡津が、江東に津であつた頃の遠い昔が偲ばれて来る。国府の地、邇摩の宅野にあつた港、辛の崎を搒ぎ出した人麻呂の船が、磯づたひに七里の海路をひた搒ぎに搒ぎ急いで来て、渡津の入江に這入つて来ると、そこには、妻、依羅娘子が立つて待つてゐた。人麻呂と依羅娘子とは、人麻呂の若き日の夢、牽牛と織女とでもあつた。「天の川安の渡《わたり》に船浮けて秋立つ待つと妹に告《つ》げこそ」「天地と別れし時ゆおのが孀然《つましか》ぞ年にある秋待つ吾は」「夕星《ゆふづつ》もかよふ天《あま》道《ぢ》をいつまでか仰ぎて待たむ月人壮子《つきひとをとこ》」人麻呂は、その若き日の夢を、かうたつてゐたのであつた。

屋上山は、と見ると、渡津の右手のところ、街空が煙《けぶ》つてゐる中に、黒ずむで端正な姿を見せてゐた。近郷近在の何処からも、何時も変らぬくつきりとした姿を見せてゐるこの屋上山は、屋上山とも、室上山《むろがみやま》とも、高仙山《たかぜんやま》とも、浅利富士とも呼ばれて、郷土の人達に親しまれて来た。高仙山は、高膳山《たかぜんやま》の意であるに違ひあるまい。屋上山を彼方に眺めながら、こんなことを今更のやうに思つてゐると、「虹だ……」と、河出君が叫んだ。

河出君が指差してゐるところ、海上、正面左寄りのところを見ると、虹が出てゐた。空を覆つて垂れ下つてゐる黒雲と荒れ狂つてゐる海面との間には、前にも言つたやうに、青空が澄み透つてゐたが、その初冬の青空に、虹が出てゐて、見たかとばかりに、目もあやに、七色のひかりを照りかがやかしてゐた。虹は、雲から海へ垂直に橋を架け、高浪が、揺りあがり揺りあがりして、この虹の七色の裾べを洗つてゐるのであつた。

雨が上つて暮色が迫つて来た高角山を下りて来ると、赤くもみぢした楓の梢が、道べの一軒家の軒先に暮れ残つてゐた。万葉の道を通り過ぎ少し来ると、河出君は、車を止めて外に出て、道端に蹲つてゐる大きな岩の前に走り寄つた。走り寄ると、あたりの小石を拾つて、その大きな岩を叩いた。岩は、カンカン岩と呼ばれてゐる岩で、叩くと、カンカンと音を立てて鳴つた。河出君は、顔を綻ばして戻つて来て、「カンカン岩、どんな音を立てるかと思つてゐた」かう言つて面白さうに笑つた。江津の通りに出ると、街に灯《ひ》が点つてゐた。通りから真東《まひがし》の空に見える屋上山は、最早、何処にも見当らなかつた。私達は、その日、今度は人麻呂が見なかつた角の浦を見ることが出来たことを喜びとして東京に帰ることとし、屋上山の上の昼の月は、もう一度出直すこととして、浜田の宿へ向つたことであつた。

月　夜――人麻呂と杜甫

藤井　清

柿本人麻呂は、相思の仲だった女人が死んだとき、泣血哀傷して二篇の挽歌を詠んでいる。「柿本朝臣人麿、妻死《みまか》りし後、泣血哀傷して作る歌」と題してそれぞれ長歌と二首の短歌とからなる力のこもった長編である。万葉集にはこの二篇を同一題詞のもとに収めてあるが、前の一篇の対象は軽の里の忍び妻であり、後の一篇は別の妻に対する別の時に詠んだ挽歌である。

ところで、後の一篇に添えられた二首の短歌の第一首目は、昨年と同じ月が照っているのに、共に見た妻は年とともに一そう遠ざかっていくという歌である。

去年見てし秋の月夜《つくよ》は照らせれど相見し妹はいや年さかる　（巻二・二一一）

殯も葬りもすんで、一周忌がやって来た。妻は去りゆく年とともにいよいよ他界の人となっていくと、秋の月の下に久遠の別れを惜しんでいるのだ。

月光のあの特殊な美しさは、洋の東西を問わず、見る人にさまざまの感慨を抱かせ、遠く離れた者を思わせる。杜甫もまた、月夜に、戦乱のさ中遠方に疎開させてある家族、とくに妻の上を偲んで、「月夜」と題する詩を作っている。

人麻呂の作は亡き妻に対する挽歌であり、杜甫の妻は安否が気遣われるものの現存しているのであって、両者の背景や事情は異なっている。しかし、秋の月夜に現在眼前にいない遥かな妻を偲ぶという相聞的発想は、類似している。そこで、杜詩「月夜」にここへ登場してもらって、人麻呂の歌と比較してみたい。

比較するといっても、ここでことわるまでもなく、両者の間に影響関係はまったくない。人麻呂は藤原朝、とくに持統の代に活躍した歌人で、晩年石見国に赴任し、文武の没した慶雲四年（七〇七）に疫病で死んだと伝えられている。一方、杜甫は唐の玄宗即位の先天元年、日本でいえば、元明の和銅五年（七一二）、人麻呂の没年と伝えられている年より五年の後に生まれた。それに、当時日中間に遣唐使を通じて文化交流はあったが、中国から日本への一方通行であって、日本の和歌が中国文学に影響を与えた形跡はないのである。

月　夜　　　　杜　甫

今夜鄜州月　　今夜　鄜《ふ》州の月
閨中只獨看　　閨中　只独り看ん
遙憐小兒女　　遥かに憐れむ　小児女の

未解憶長安　　未だ長安を憶うを解せざるを
香霧雲鬟濕　　香霧　雲鬟湿《うるお》い
清輝玉臂寒　　清輝　玉臂寒からん
何時倚虚幌　　何れの時か虚幌《きよこう》に倚り
雙照涙痕乾　　双び照らされて涙痕乾かん

安禄山の叛乱軍に捕えられて長安の市中に軟禁されていた杜甫は、鄜州三川県に残して来た妻子の上が案じられてならない。ここ長安の空にかかる月、その同じ月を遠く離れた鄜州で閨《ねや》の中から独り眺めているであろう妻のうえを思いやって詠んだのがこの詩である。

ところで、杜甫の詩は見らるる通り、場面や背景が構成的に詠まれている。これに対して、人麻呂の「去年見てし秋の月夜は照らせれど……」の歌には、そうした構成はいっさいなく、詠嘆の頂点だけをつまみとってうたっている。これは長歌に付せられた短歌であって、長歌から切りはなして鑑賞することもできるのであるが、長歌の方に、生前の妻との生活や野辺おくりのありさまが写実的に詠まれているのであるから、先ずその長歌について検討して行くことにしたい。ここで便宜上、四段に分けて、詠んでみることとしたい。

1　うつせみと　念ひし時に一に云ふ、うつそみと念ひし　取り持ちて　わが二人見し　走出の　堤に立てる　槻の木の　こちごちの枝の　春の葉の　茂きが如く　念へりし　妹にはあれど　たのめりし児らにはあれど

2　世の中を　背きし得ねば　かぎろひの　燃ゆる荒野に　白栲の　天領巾隠り　鳥じもの　朝立ちいまして　入日なす　隠りにしかば

3　吾妹子が　形見に置ける　みどり児の　乞ひ泣くごとに　取り与ふる　物し無ければ　男じもの　腋はさみ持ち　吾妹子と　二人わが宿《ね》し　枕づく　嬬屋の内に　昼はも　うらさび暮し　夜はも　息づき明かし　嘆けども　せむすべ知らに　恋ふれども　逢ふ因《よし》を無み

4　大鳥の　羽易《はがひ》の山に　わが恋ふる　妹は座すと　人の言へば　石根さくみて　なづみ来し吉けくもそなき　うつせみと　念ひし妹が　玉かぎる　ほのかにだにも　見えぬ念へば

第一段で、妻の在世のとき仲のよかったことからうたい出し、第二段では、妻の死と野辺おくりのことを言っている。第三段で、妻の残したみどり児を男手で抱いたりして、鰥夫としての当惑と悲しみを述べる。最後の第四段で、妻を葬った羽易の山に難儀してたずねて行ったが、ついに永遠に逢うことができないといって結んでいる。

この歌の全体はやや長い期間にわたってのことであり、内容から四段に区分できるが、斎藤茂吉が指摘しているように(1)、言葉の上からは切れずに連続している。即ち、第一段と第二段との間は、「児

らにはあれど　世の中を」と連続させており、第二段と第三段の間は、「隠りにしかば　吾妹子が」と連続する。また第三段と第四段との間は、「逢ふ因を無み　大鳥の」と連続させている。こういう句の運び方を茂吉は、「連続声調」とか、「流動的な一大連続声調」と言っていることは、周知の通りである。単に句の運びだけでなく、一首にみなぎる「沈痛、切実のひびき」、茂吉のいう「ディオニソス的」声調は、人麻呂の創造したもので、人麻呂において突風のようにあらわれ、また消え去っていったのである。

いわゆる人麻呂的声調の核をなす流動的連続性と、沈痛、切実のひびきは、杜甫の詩の特色でもある。当面の「月夜」について考えてみたい。

杜詩の「月夜」は、初句から二句ずつで一聯をなし、計八句で四聯からなっている。

先ず第一聯

今夜　鄜州の月
閨中　只独り看ん

の「只独り看ん」は、第二聯をへだてて第三聯に直接つながっている。第二聯

遥かに憐れむ　小児女の
未だ長安を憶うを解せざるを

は、第一聯と第三聯との間に、セミコロンで挿入されているような恰好である。しかし、あのがんぜない子供たちは、まだ長安の父の身の上を気づかうことさえ知らないでいるのが不憫だという第二聯は、下に母の心配など分からないでとか、まだ母の話相手にもなれないから、母の苦労は一しおであろうという気持を含んでいて、第一聯にも第三聯にも楔を打ち込んだように繋がっている。

第三聯で

香霧　雲鬟湿い
清輝　玉臂寒からん

と妻の姿を官能的に描いて高潮に達した感情は、第四聯で

何れの時か虚幌に倚り
双び照らされて涙痕乾かん

と結んで、密接につながる。

このように見てくると、杜甫の「月夜」は、人麻呂の長歌と同様に、波動的な連続声調で一首四聯が繋がっていると言うことができるのである。

人麻呂は亡き妻への挽歌を相聞的発想でうたっている。杜甫は現在の妻を一定の距離をおいて愛情の対象として詠んでいる。ともに愛のうたであるが、その底に深い沈痛、切実のひびきがこもっ

ているのは、単に技巧だけの問題ではなく、二人とも思想をもった詩人であったからであろう。

さて、ここで、人麻呂の右に述べたような相聞的発想でうたわれた亡妻への挽歌に添えられた短歌の月と、杜詩の月とを較べて見よう。

人麻呂は、

去年見てし秋の月夜は照らせれど相見し妹はいや年さかる

と詠んで、月を心情移行の対象として眺めている。月の捉え方が心情的なのである。月が鏡であったらとか、涙で月を曇らせるなどといえば、はなはだ通俗的、感傷的であるが、それと一脈通ずるものがあることは否み得ない。つまり、月を自分のムードの中に巻きこんでいくという心情的な観照の態度である。だが人麻呂は、月を自分のムードの中にひきよせた上で、そこから新しい詩を創造していくのだ。

つぎに杜甫の月はどうか。先ず冒頭に

今夜　鄜州の月
閨中　只独り看ん

と打ちだしている。今夜自分が眺めているここ長安の空に照る月、その同じ月を鄜州にいる妻も独りで見ているであろうというのが、普通の発想である。それを、「今夜　長安の月」とは言い出さないで、いきなり今夜鄜州の空に照る月を妻は閨中で只独りで見ているであろうとうたい出しているのだ。「おのれは、はるかなる妻の身の上を思うのであり、おなじ月の光にさそわれて、はるかなる妻もおのれを思うであろうことを、おのれに思わせるのであるが、おのれの見る月とはいわずして、妻の見る月の色を、はるかに思いやったところは、この詩人の心が、常に常識を越えて別の次元につき入ろうとしていたこと」（吉川幸次郎[2]）を示すものである。

さて、鄜州にある妻が閨中只独り看るであろう月、その月はやがて妻の満身を照らし出す。

香霧　雲鬟湿い
清輝　玉臂寒からん

香霧は、香しい夜の霧のごとくに立ちこめる月光である。清輝も月光、美しいかいなにはねかえされる月光である。

ところで杜甫が描くのは、さんさんと降りそそぐ月光だけである。杜甫は人麻呂のように、「去年見てし秋の月夜は照らせれど」などとはうたわない。月は夫婦別離の悲しみなどをよそにして、ひたすらに降りそそぐ。杜甫の月は人間の悲哀や愛憎を超越している。そこに人麻呂の月との根本的な相違があるのだ。

ここで、私ははしなくも杜甫の月との対比において、李白の「月下独酌」という有名な詩を思い出した。影をわが分身になぞらえ、我と影に月を加えて、三者で楽しむ、いかにも李白らしい世間離れのした酔人の詩である。後で人麻呂の月とも比べたいので、少々長いが、つぎに掲げる。

月下獨酌　　李白

花間一壺酒　　花間　一壺の酒
獨酌無相親　　独酌　相親しむ無し
擧杯邀明月　　杯を挙げて　明月を邀《むか》え
對影成三人　　影に対して　三人を成す
月既不解飲　　月既に　飲むを解せず
影徒隨我身　　影徒らに　我が身に随う
暫伴月將影　　暫く月と影とを伴うて
行樂須及春　　行楽　須らく春に及ぶべし
我歌月徘徊　　我歌えば　月　徘徊し
我舞影零亂　　我舞えば　影　零乱す
醒時同交歡　　醒時　同《とも》に交歓し
醉後各分散　　酔後　各おの分散す

永結無情遊　　永く無情の遊を結び
相期邈雲漢　　相期して　雲漢　邈《はる》かなり

花にかこまれて酒壷一つをかかえ、独酌で友だちもいない。止むなく、杯をあげて明月をまねきよせ、自分の影法師も数に入れて、これで仲間が三人。

しかし、月はもともと酒はやらぬ。影はただ、わたしが動くのにつれて動くだけだ。何ともたよりないお仲間だ。だがまあ、月と影とをお相伴させて、楽しむのは、春のうちにかぎる。

わたしがうたうと月もうかれてさまよい出し、わたしが踊ると影もふらふら踊り出す。はかないお仲間だが、私に調子をあわせてくれる時もある。正気のうちは、こうしていっしょに楽しんでいるが、酔っぱらったあとは、めいめいばらばらになってしまうのだ。

しかし、月と影とわたしの三人は、人間ばなれのした遊び仲間。落ち合う場所は、天の川のはるかかなたさ。

何という豪放さ。巨大さ。その天衣無縫の仙境は、私などの拙い日本語に移すことを拒否している。

さて、「月下独酌」を一読した私は、同じ月でも、李白の月と杜甫の月との大きな差異に驚かざるを得ないのである。李白と月の交歓、一しょに酒を飲もうと月を呼びよせ、せっかく呼びよせたものの、月のやつ飲めないのでたよりない仲間だとうそぶく。まさに宇宙に充満する巨大な姿である。

「李白の詩精神は、宇宙を包んでいた。月も星も、山も川も、かれが親しみの目をもって見るとき、同じ親愛の情をかれに投げ返すのであった」という中国文学者前野直彬氏の言葉に(3)、李白の月は要約されている。彼は月を（月だけではない、天地自然を）自分のムードの中に巻きこんで、そこから新しい詩を創造しようというのだ。

これに対して、杜甫の月は、前述したように、人間の喜怒哀楽を超越して。ただ、さんさんと降りそそぐだけである。月に自分の感情を移行したり、自分のムードの中に巻きこもうなどとはしない。むしろ、自然を向う側へ突き放して、こちら側から鋭い凝視の眼で見据えるのだ。

「月下独酌」と「月夜」との差は、環境の相違ということもあろう。杜甫は安禄山の乱のさ中、家族と離ればなれになって、賊軍に捕えられ、抑留生活を送っている。李白は放浪生活をしながら、陽気に酒を飲んでいるのだ。しかし、単なる環境の相違だけではなくて、二人の詩人の資質の差に基づくものであることは、言うまでもあるまい。

さて、わが柿本人麻呂の月はどうか。これまで述べてきたところで凡その見当がつくように、人麻呂の月は、杜甫よりも李白に近いといえるであろう。〝去年見てし秋の月夜は照らせれど相見し妹はいや年さかる〟――李白のような月を自分の手許へひきよせて、宇宙を包みこむほどの巨大さは、人麻呂のこの月からは感じとれない。だが、短歌的な抒情、心象移行ではあっても、月を自分の抒情の方へ引きよせて、そこから詩を創造しようとする態度は李白に近い。人麻呂の月は、杜甫の月のように人間の愛別離苦を超越して、ただ さんさんと降りそそぐだけではないのである。

日本で歌聖といわれる大歌人の柿本人麻呂の文学と、中国で詩聖といわれる大詩人杜少陵の文学とが、ただ一首の歌と詩とによって比較しきれるものでは、もちろんない。私がほんの思いつくままをノートしたことだけに限っても、多くの問題が後に残るが、それについては、他日改めて考えてみたい。

註

（1） 斎藤茂吉『柿本人麻呂』総論篇、評釈篇
（2） 吉川幸次郎『杜甫ノート』、『杜甫詩注』
（3） 前野直彬『風月無尽』

「死者の書」――古都における、初夏の夕ぐれの対話

堀　辰雄

客　なんともいへず好い気もちだね。すこし旅に疲れた体をやすめながら、暮れがたの空をかうやつて見てゐるのは。

主　京都もいまが一番いいんだ。この頃のやうに澄み切った空のいろを見てゐると、すつかり京都に住みついてゐる僕なんぞも、なんだかかう旅さきにゐるやうな気がしてきてならないね。まあ、さういふ気もちになるだけでもいいからな……それにしても、君はこの頃はよくこちらの方へ出てくるなあ。いつか話してゐた仕事はその後はかどつてゐるのかい。何か、大和のことを書くとかいつてゐたが……

客　いや、あれはあのままだ。なかなか手がかりがつかないんだ。まあ、そのうち何んとかものにするよ。……なんしろ、まだ、かういつた感じのものが書きたいと、埴輪をいぢつたり、万葉の歌を拾ひ読みしたりしては一種の雰囲気を自分のまはりに漂はせて、ひとりでいい気になつてゐるぐらいのものだ。……当分はまあ折を見ては、かうやつてこちらに来て、できるだけ屢〻みごとな

田園と化した都址《みやこあと》や、西《にし》の京《きやう》あたりの松林のなかなどをぶらぶらするやうにしてゐる。

主　さうやつて君は何げなささうにぶらぶらしながら、突然、松林の奥から古代の風景が君の前にひらけるやうな瞬間を待つてゐるわけなのだね。

客　さうだよ。少くとも、はじめのうちはさうだつた。だが、このごろはさういつた奇蹟は詮《あきら》めてゐる。まだ、自分には古代の研究がなにひとつ身についてゐないのだからね。もうすこしおとなしく勉強をする。

主　だが、こんなことを僕から君に云ふのもどうかと思ふけれど、小説を書く気なら、あんまり勉強しすぎてしまつてもいけないのではないかしら。ゲエテも、どこかで、こんなことを云つてゐる。『自分はギリシヤ研究のおかげで「イフィゲニエ」を書いたが、自分のギリシヤ研究はすこぶる不完全なものだつた。もしその研究が完全なものだつたら、自分の「イフィゲニエ」は書かれずにしまつたかも知れない。』

客　うん、なるほどね。つまり、古代のことは程よく知つてゐる位で、非常にうひうひしい憧れをもつてゐるうちのはうが小説を書くのにはいいといふことになるわけか。これは好い言葉をきいた。……どうもこのごろ、自分でも悪い癖がついたとおもひ出してゐたところだ。日本の古代文化の上にもはつきりした痕を印してゐるギリシヤやペルシヤの文化の東漸といふことを考へてみてゐるうち、いつか興味が動きだしてギリシヤの美術史だとか、ペルシヤの詩だとか読み出してゐる。それはまだいい、そのうちにいつのまにかゲエテの「ディヴァン」だとか、ノワイユ夫人の詩集までが机の上にもち出されてゐるといつた始末だ。

主　（同情に充ちた笑）まあ、ゆつくりでもいいから、あまり道草をくはずに、仕事に精を出したまへ。……さういへば、数年まへに釈迢空さんが「死者の書」といふのを書いてゐられたではないか、あの小説には実によく古代の空気が出てゐたやうにおもふね。

客　さう、あの「死者の書」は唯一の古代小説だ。あれだけは古代を呼吸してゐるよ。まあ、ああいふ作品が一つでもあつてくれるので、僕なんぞにも何か古代が描けさうな気になつてゐるのだよ。僕ははじめて大和の旅に出るまへに、あの小説を読んだ。あのなかに、いかにも神秘な姿をして浮かび上がつてゐる葛城《かつらぎ》の二上山《ふたがみやま》には、一種の憧《あくが》れさへいだいて来たものだ。さうして或る晴れた日、その麓にある当麻《たいま》寺《でら》までゆき、そのこごしい山を何か切ないやうな気もちでときどき仰ぎながら、半日ほど、飛鳥《あすか》の村々を遠くにながめながらぶらぶらしてゐたこともあつた。

主　その二上山だ。その山に葬られた貴いお方の亡き骸が、塚のなかで、突然深いねむりから村びとたちの魂《たまご》乞ひによつて呼びさまされるあたりなどは、非常に凄かつたね。森の奥の、塚のまつくらな洞のなかの、ぽたりぽたりと地下水が巌づたひにしたたり落ちてくる湿つぽさまでが、何かぞつとするやうに感ぜられた。

客　全篇、森厳なレクヰエムだ。古代の埃及びとの数種の遺文に与へられた「死者の書」といふ題名が、ここにも実にいきいきとしてゐる。

主　毎日の写経に疲れて、若い女主人公がだんだん幻想的になって来、ある夕方、日の沈んでゆく西のはうの山ぎはにふと見知らない貴いおかたの俤を見いだすところなども、まだ覚えてゐる。

客　あの写経をしてゐる若い女のすがたは美しいね。僕はあそこを読んでからは女の手らしい古い写経を見るごとに、あの藤原の郎女《いらつめ》の気高くやつれた容子をおもひ出して、何んとなくなつかしくなる位だ。

主　あの小説には、それからもう一つ、別の興味があつた。大伴家持《おほとものやかもち》だ。柳の花の飛びちつてゐる朱雀大路《すざくおほぢ》を、長安かなんぞの貴公子然として、毎日の日課に馬を乗りまはしてゐる兵部大輔《ひやうぶだいふ》の家《やか》持《もち》のすがたは何んともいへず愉しいいし、又、藤原仲麻呂《ふじはらのなかまろ》がその家持と支那文学の話などに打ち興じながら、いつか話題がちかごろ仏教に帰依した姪の郎女《いらつめ》のうへに移つてゆく会話なども、いかにもいきいきとしてゐたな。

客　さういふところに作者の底力がひとりでに出てゐる。人間として大きな幅のある人だ。

主　一方、万葉学者としてもつとも独創に富んだ学説をとなへてきた、このすぐれた詩人が、その研究の一端をどこまでも詩的作品として世に問うたところに、あの作品の人性《ユマニテ》があるのだね。だが、どうしてあれほどのものがほとんど世評に上らなかつたのだらう。

客　世間はさういふ仕事は簡単にディレッタンティズムとしてかたづけてしまふのだ。学界の連中は、こんどは小説といふ微妙な形式なので、読まずともいいとおもつたらうし……本当にこの作品を読んだといふ人は、僕の知つてゐる範囲では、五人とはゐなかつたものね。

主　僕などもその一人だつたわけか。幸福なる少数者の……しかし、それはそれだ。君もいい仕事をしてくれたまへ。いい読者になつてあげるから。

客　こんどはこつちに風が向いてきたな。まあ、もうすこし待つてくれ。まだ自分でもしやうがないとおもふのは、大和の村々を歩いてゐると、なんだかかう、いつもお復習《さらひ》をさせられてゐるやうな気もちが抜けないことだ。もうすこし何処にゐるのだかも忘れたやうになつて、あるときは初夏の風にふかれながら、あるときは秋の雲をみあげながら、ぼんやりと歩けるやうになりたい。――心におそろしげに描いてきた神々のゐられた森が何かつまらない小山に見えるきりだつたり、なにげなく見やつてゐた或る森のうへの塔に急に心をひかれ出して暑い田圃のなかを過ぎていつたり、或る大寺の希臘風なエンタシスのある丹《に》のはげた円柱を撫でながら、目のあたりに見る何か大いなるものの衰《おとろ》へに胸を圧しつぶされたり、さうかとおもふと、見すてられたやうな廃寺の庭の夏草の茂みのなかから拾ひ上げた瓦がよく見ると明治のやつだつたりして、すつかりへとへとになつて、日ぐれ頃、朝からみると自分の仕事からかへつて遠のいた気もちになつて帰つてくることが多いのだ。

主　さういつた君の日々が、そのままで君の小説になるのではないか。

客　いや、もうさういふ苦しまぎれのやうな仕事はこんどだけはしたくない。もつと、かう大どかな仕事ぶりをしてみたいんだ。だが、僕みたいなものには難しいことらしいな。――あれは、をととしの秋だつたかな、ともかくまあ小手しらべにと、何か小品を、ちやうど古代の人々がふいとした思ひつきで埴輪をつくりあげたやうな気もちで、書いてやらうとおもつて、古代の研究がてら、大和にやつてきて、毎日寺々を見て歩いてゐるうちに、なんだか日にまし気もちが重くるしくなつて、とうとう或る夕方、もうその仕事をどう云つてやつてことわらうかと考へるため散歩にいつた高畑《たかばたけ》のあたりの築土《ついぢ》のくづれが妙にそのときの自分の気もちにぴつたりして、それから急に思ひついて「曠野《あらの》」といふ中世風なものがなしい物語を書いた。

主　あの小説は読んだよ。大和までわざわざ仕事をしにきて、毎日お寺まはりをしながら、やつぱり、ああいふものを書いてゐるなんて、いかにも君らしいとおもつたよ。

客　あれは、いまおもへば、僕のさびしい詮めだつた。それが何処かで、あの物語の女のさびしい気もちと触れあつてゐたのだな……

主　さういへばさうもいへようが、あれもあれでいい。だが、僕は君の新しい仕事を期待してゐる。勇気を出して、いつまでもその仕事をつづけてくれたまへ。

客　うん、ありがたう。ひとつ一生をかけてもやるかな。……それまでのうちに、これから何遍ぐらゐこつちにやつて来ることになるかな。どうも大和のはうに住みつかうなんといふ気にはなれない。やつぱり旅びととして来て、また旅びととして立ち去つてゆきたい。いつもすべてのものに対してニィチェのいふ「遠隔の感じ《パトス・デル・ディスタンツ》」を失ひたくないのだ。……

そのくせ、いつの日にか大和を大和ともおもはずに、ただ何となくいい小さな古国《ふるくに》だとおもふ位の云ひ知れぬなつかしさで一ぱいになりながら、歩けるやうになりたいともおもつてゐるのだ。たわわに柑橘類のみのつた山裾をいい香りをかいで歩きながら、ああこれも古墳のあとかなと考へ出すのは、どうもね。
主　しかし、君はもう大抵大和路は歩きつくしたらうね。
客　割合に歩いたはうだらうが、ときどきこんなところでと、――本当に思ひがけないやうな風景が急に目のまへにひらけ出すことがある。
　この春も春日野《かすがの》の馬酔木の花ざかりをみて美しいものだとおもつたが、それから二三日後、室生《むろふ》川の崖《がは》のうへにそれと同じ花が真つ白にさきみだれてゐるのをおやと思つて見上げて、このはうがよつぽど美しい気がしだした。大来皇女《おほくのひめみこ》の挽歌にある「石《いそ》のうへに生《お》ふる馬酔木《あしび》を手折らめど……」の馬酔木はこれでなくてはとおもつた。さういふ思ひがけない発見がときどきあるね。まあ、そんなものだけをあてにして、できるだけこれからも歩いてみるよ。――だが、まだなかなか信濃《しなの》の高原などを歩いてゐて、道ばたに倒れかかつてゐる首のもぎとれた馬頭観音などをさりげなく見やつて、心にもとめずに過ぎてゆく、といつたやうな気軽さにはいかない。……
　それでゐて、そのふと見過ごしてきた首のない馬頭観音の像が、何かのはずみで、ふいと、そのときの自分の旅すがたや、そのまはりの花薄《はなすすき》や、その像のうへに青空を低くさらさらと流れてゐた秋の雲などと一しよになつて、思ひがけずはつきりと蘇つてくるやうなことがあつたりする工合が、信濃路ではたいへん好かつた。なんだか、さういつたうつけたやうな気分で、いつの日か、大和路を歩けるやうになりたいものだ。
主　いい身分だね。さうやつて旅行ばかりしてゐられるなんて。

客　君なんぞにもさう見えるのかい。でも、僕はこんな弱虫だからね、不安な旅でない旅などをしたことはない。いつ、どこで、寝こむかもわからないやうな心細さで、旅に出てくるのだよ。まあ、それなりにだんだん旅慣れてはきたけれど。……

主　さうか。あんまり無理をするなよ。——ああ、もうすつかり暗くなつてしまつたね。すこし冷え冷えとしてきたやうだから、窓をしめようね。

万葉の恋の身振り

野島秀勝

名のりから始まる万葉の恋

万葉集はこう呼ばわりながら、おもむろに巻をひらく――

籠《こ》もよ　み籠《こ》持ち　ふくしもよ　みぶくし持ち　この岡《をか》に　菜摘《なつ》ます児《こ》　家聞かな　名告《の》らさね　そらみつ　大和《やまと》の国は　おしなべて　我《われ》こそ居《を》れ　しきなべて　我こそいませ　我こそば告《の》らめ　家をも名をも

これが雄略《ゆうりやく》帝の歌であるか、本来春の野遊びの若菜摘みの歌であったか、そういう詮索《せんさく》はこの際どうでもいい。大切なことは、美しい籠《かご》を持ち、美しい箆《へら》を手にして、岡に菜を摘む娘に、男がその家柄と名を明かし、娘にも家と名を明かせと呼びかけている、おおどかな姿勢である。これは雄歌に入れられているが、娘の返歌があったなら、間違いなく問答歌あるいは相聞歌《そうもんか》の部立てに入ることだろう。そして彼女が名をなのるようなら、恋は成り、なのらなければ、掛け合いの言葉の戯《たわむ》れの一時があるだろう。

紫は灰さすものそ海石榴市《つばきち》の八十《やそ》の衢《ちまた》に逢うへる児《こ》や誰《たれ》　（巻十二・三一〇一）
たらちねの母が呼ぶ名を申《まを》さめど道行き人《ひと》を誰と知りてか　（同・三一〇二）

紫を美しく染めるには灰汁《あく》を入れなければならない。男は女を紫に、自分を灰汁にたとえて、女は男と一緒になってこそ美しくなると誘い、呼びかけているのである。だが、男は女の名を求めても、自分の名をなのってはいない。これは片手落ちだ。そこで女がいい返す――母がわたしを呼ぶ名を告げてもいいが、さて道の行きずりのあなたを誰と知って告げるのでしょう。男の求愛をうべないながら拒否する、あるいは拒否しながらうべなう、そういう微妙な女心のたゆたいがここにある。要するに、互いに名のりを挙げることが万葉の恋のはじめのしきたりであり、作法であった。さらに呪法《じゆほう》であった。言霊《ことだま》のさきおう国と信じられた世界にあって、名はなによりもまず、みずからの魂が宿る所であったにちがいない。とすれば、名を明かすのは自分の魂を相手に明け渡すことを意味する。相手に名をなのらせるのは、相手の魂をこちらに引き寄せ、わが物にすることを意味する。「元々、戦争と、恋愛とは、古代においては一続きの考へであった」（折口信夫《おりくちしのぶ》「恋及び恋歌」）、まさにそうであったにちがいない。

名のりを挙げて仕切り、互いに魂を招き寄せ、勝ちとる、ここに彷彿《ほうふつ》するのは相撲《すもう》のイメージであるだろう。折口信夫は柳田国男のこひは相撲の「おておて」などという「手ごひ」で、手を乞うことだという説から「恋ひ」は「乞ひ」であるとしている。もっとも中西進氏は上代の特殊仮名遣《づか》いからみて、「恋ひ」＝「乞ひ」の等式を否定している。私のうかつに読んだかぎりでも、恋に乞を当てた例は一つもないようである。だが、にもかかわらず折口の詩的学問の古代幻想は私のような素人の目には十分に魅力的だ。こひは本来「魂《たま》乞ひ」「魂招《こ》ひ」であって、それは死者の遊魂を招き寄せる呪術と、生身の人間の魂を迎えとろうとする恋愛の呪術的技術との二様の意味合いをもっていたが、しだいに後者のみに限られるようになり、恋の相聞《そうもん》の成熟爛熟《らんじゅく》とともにたまごひのたまも脱落し、こひにと収斂《しゅうれん》していったという彼の説も、合わせて面白い。魂招いから恋へ、あるいは恋はなお魂招いの原初的記憶をひきずっているというところに、相聞と挽歌《ばんか》がその部立てにもかかわらず、濃密な血縁を結んでいる万葉の心の風土があるのである。

もっともこのような名のりの作法なしに、じかべたに恋（乞）うるものもある。

この川に朝菜洗ふ児汝《こなれ》も我《あれ》も同輩児《よち》をそ持てるいで子賜《たば》りに　（巻十四・三四四〇）

「同輩児《よち》」とは性器を指すことに間違いはない。今日でも人は戯れに、おれと同い年の息子などといっている。女にも同い年の娘がある、その娘をおくれと男は恋（乞）うているのだ。これは東国の歌だが、この猥雑《わいざつ》な無礼さはなにも東国という鄙《ひな》のみのことではあるまい。都近くの歌垣《かがい》にもあったものにちがいない。さきに引いた「紫は灰さすものそ」にしても、紫（＝女）を美しく染めるのに必要な灰汁《あく》とは、精液を暗示しているのかも知れぬ。これまた万葉ぶりの恋の歌、恋の心と肉体の訴えにはちがいない。たしかに、そのとき紫はけざやかに灰汁に染まるだろう。女の「柔膚《にきはだ》」（巻二・一九四）は「赤らひく膚」（巻十一・二三九九）と化するだろう。そして、二人の魂も体も川の玉（美しい）藻のように寄りそい靡《なび》きあうだろう。玉藻の靡き、これは万葉の恋歌が倦《う》むことなく歌いつぐ鮮烈かつ月並みな恋の姿態、身振りである。

別れ際には下紐を結んで

名告《の》り、よばい（ゆめ、夜這いなどと当ててはならない）が無事終われば、妻訪《つまど》いという段取りになる。男は女の手を巻き、枕にして共寝する。手枕《ま》く、手に纏《ま》く（巻く）、手枕を纏く、これはもう枚挙にいとまない万葉の恋歌にうたわれる恋の仕草だ。そして、別れ際には互いの下紐《したひも》を結ぶ――。

二人して結びし紐を一人して我は解き見じ直《ただ》に逢ふまでは　（巻十二・二九一九）

下紐を結ぶとはただにエロティックな愛の誓いの仕草であるばかりではなく、互いに招き寄せた魂をその結節のなかにつなぎとめるという呪的礼法でもある。紐を解けば、魂は遊離する。だから直《じか》に会うまでは一人で解くのは禁忌《きんき》である。したがって旅に出ても、紐を解かず着のみ着のままで丸寝《まるね》する、「紐解かず　丸寝をすれば　我が着たる　衣は穢《な》れぬ」（巻九・一七八七）ということにもなりかねない。

そして会うことを堰《せ》かれれば、恋い心は解きほどいた衣のように千々に乱れる。

　解《と》き衣《きぬ》の恋ひ乱れつつ浮《う》き沙《まさご》生きても我はあり渡るかも　（巻十一・二五〇四）

　解き衣の思ひ乱れて恋ふれども何の故そと問ふ大もなし　（巻十二・二九六九）

「解き衣」は「乱れ」の枕詞といってすましていては足りまい。紐は固く結ばれながら、「直《ただ》に逢」えぬ心は、「直に逢」った折の寝乱れ、ほどけた衣の陶酔のイメージをなりふり構わず追っかけている。紐と解き衣、呪縛《じゅばく》と奔放、そこには万葉の恋のひたぶるな官能がある。

しかし、恋びとたちはときに自ら紐を解くことがある。あるいは紐がひとりでに解けることもある。遊離した魂は、一体、どこへゆくのだろうか。恋びとたちは二通りに考えていたようすである。

　人の見る上は結びて人の見ぬ下紐開《あ》けて恋ふる日そ多き　（巻十二・二八五一）

男歌とも女歌とも読める歌だが、人目を忍んで見える紐は結び、隠れている下紐は解いていいとしい人を恋うている。下紐を解いているのが、愛する人の魂を呼び招く呪いであるのは明らかだ。ひとり解くことによって、二人が直に逢う「解き衣」の脱自《エクスタシー》＝陶酔の時を祈っているのかも知れない。

吾妹子《あぎもこ》し我《あ》を偲《しの》ふらし草枕旅の丸寝《まろね》に下紐解けぬ　(巻十二・三一四五)

ひとりでに紐が解けるのは恋する女が自分をしのび慕っているしるしだというわけだが、なんともほほえましいほどにいい気な歌である。女の魂が飛んできて下紐を解く、幽鬼なエロティシズムだが、そうそう安心してもいられない。

草枕旅の衣の紐解けて思ほゆるかもこの年ころは　(同・三一四六)

いとしい女が結んだ紐が解けるほど、久しく旅にすごしてしまった。紐が解けるのは、長い空閨《くうけい》に耐えかねて漂い寄る女の魂の思慕の仕業か、いやいや、女の愛が薄れ、その魂は紐の結びを解いて他の男にと遊離し靡《なび》いていったにちがいない。きっとそうだ。この場合、紐が解けたのは不吉な兆《きざ》しなのである。

紐が解けるのと並んで恋の前兆《ぜんちょう》として歌われるのに、眉《まゆ》がかゆくなったり、くしゃみをしたりするのがある。

眉根《まよね》掻《か》き鼻ひ紐解け待つらむかいつかも見むと思へる我を　(巻十一・二四〇八、他にも類歌はある、二六一四、二八〇八)

万葉の人々にとって、恋も魂の呪術であった。彼らはいつも袖を振っている、首にかけた領巾《ひれ》を振っている。この身振りは折口以来指摘されてきたように、招魂の術であるだろう。眠るときには袖を折り返して寝る、そうすれば恋人に夢で逢えると信じられていたからである。

我妹子に恋ひてすべなみ白たへの袖反《かへ》しは夢に見えきや　（巻十一・二八一二）

かかる恋の身振りを偏執的に彼らに強いるのも、けだし万葉の世界はいわば恋の汎神論《はんしんろん》的世界、あるいは恋の神人同性論《アンスロポーモフィック》的な世界であったからではないか。それにつけても金の欲しさよ、これは現代のいかなるものにも付く句となりおおせた趣だが、万葉の世界にあっては、それにつけても恋の欲しさよが属目《しよくもく》の一切に付き、憑《つ》く世界とみえないこともない。丈夫《ますらお》も一瞬にして手弱女振《たおやめぶ》りとなる。

ますらをの現《うつ》し心も我はなし夜昼といはず恋ひし渡れば　（巻十一・二三七六）

逆に手弱女も恋ゆえに一瞬にして丈夫振りと化する。

我が背子は物な思ひそ事しあらば火にも水にも我がなけなくに　（巻四・五〇六）
事しあらば小《を》泊瀬《はつせ》山の石城《いはき》にも隠《こも》らばともにな思ひわが背　（巻十六・三八〇六）

「小泊瀬山の石城」とは死者を葬る石棺を意味する。かくて、万葉の恋の汎神論的世界は丈夫と手弱女との相互変容を刻々とうながし、丈夫振りと手弱女振りとは乱麻のように交錯・交通して、言葉の恋の相聞舞踏を綿々とつづける。

自然をも揺るがす恋心

……天雲《あまくも》の　ゆくらゆくらに　蘆垣《あしかき》の思ひ乱れて　乱れ麻《を》の　麻笥《をけ》をなみと（乱れた麻糸を入れる器もないとて）　我《あ》が恋ふる　千重《ちへ》の一重《ひとへ》も　人知れずもとなや（とめどもなく）恋ひむ息《いき》の緒《を》にして（巻十三・三二七二）

「息の緒にして」とは「恋を命として」の謂《いい》である。恋を離れて息《いき》も生《いき》もない。この恋の息、生が通うのは天の雲のみにかぎらない。雨も風も雪も海も波も、花も獣も、天地山川草木一切に通う。自然の動きは、恋い心のそよぎである。逆に心がそよげば、自然も揺るがずにいない。恋という内的心の世界と自然とは、一分の隙《すき》なく照応している。自然はボードレールが希求した「象徴の森」と化している。いいかえれば、一切は恋の比喩《ひゆ》となりうる。万葉集が正述心緒という直情表現形式とともに、寄物陳思《きぶつちんし》という比喩表現様式の分類をもち、相聞歌《そうもんか》を譬喩歌《ひゆか》とも呼んでいる所以《ゆえん》も、そこにある。枕詞《まくらことば》が後世におけるように単にあるものを引き出してくるきっかけ、言葉の綾《あや》ではなしに、前に触れた「解衣」のように、それ自体の存在の肉感をもちながら、接続するものと比喩的に統合している所以《ゆえん》も、そこにある。

かかる自然との照応の世界にとらえられて、恋を「息の緒」として生きるとき、人は自由ではいられない。自然という生成の神が恋という人間の生成への情熱を強《し》いずにいない——。

家にある櫃《ひつ》に鏁《かざ》刺し蔵《をさ》めてし恋の奴《やつこ》がつかみかかりて　（巻十六・三八一六）

恋のパンドラの匣《はこ》は、必ずや自然に開いてつかみかかってくる。万葉は恋する自然年齢が過ぎ去った状態を神さびるというが、自然の神はなおも人間を手放してはくれない——。

恋は今はあらじと我は思へるをいづくの恋そつかみかかれる（巻四・六九五）

情熱《パッション》が受け身《パッシーヴ》と同じ語源であり、それは受難《パッション》でもあることを、西欧語は教えている。かかる情熱に急《せ》かれて、万葉の恋びとたちはひたすら「直《ただ》に逢ふ」ことを焦《こ》がれ、「間無く」「恋ひわたる」。括弧《かつこ》に入れた語句は、もういちいち例を引くまでもない万葉の、万葉のみに親しい歌の叫びだ。

あきづ島《しま》　大和《やまと》の国は　神《かむ》からと　言挙《ことあげ》せぬ国　然《しか》れども　我は言挙す（巻十三・三二五〇）

といいながら、「真《ま》澄鏡《そかがみ》　正目《ただめ》に君を　相見てばこそ　わが恋止《や》まめ」と呼びかける。この呼び声、発情の叫びに応えて、恋人の魂は憑依《ひょうい》し「心に乗る」、「直乗《ただのり》」に乗る。二つだけ例を挙げておこう——。

駅路《はゆまぢ》に引き舟渡し直乗に妹《いも》は心に乗りにけるかも　（巻十一・二七四九）
宇治川の瀬瀬《せぜ》のしき波しくしくに妹は心に乗りにけるかも　（同・二四二七）

「しくしく」とは波のように幾重にも重なるさま、しきりにの謂《いい》である。ひっきりなしに連続して、恋する女は男の心に「直乗」りして手放さない。そういえば、「間無く」も、それからこれまた万葉人の好む言葉「非時《ときじく》」（時を限らない）も、空間時間の連続を意味しよう。「直に逢ふ」ことの熾《し》烈《れつ》な希求が、連続のイメージと言葉を喚起し、要請せずに措《お》かない。恋する人との断絶のなかで、独り鬱々《うつうつ》とおのが心を凝視する「隔てて恋ふる」恋の形は万葉のものではない。

旅にありて恋ふれば苦しいつしかも都に行きて君が目を見む　（巻十二・三一三六）
遠くあれば姿は見えず常のごと妹が笑《ゑ》まひは面影にして　（同・三一三七）

誤解してはなるまい、これは伊勢物語東下《あずまくだ》りの有名な歌「名にし負はばいざ事とはむ宮こ鳥わが思ふ人はありやなしやと」とは、本質を異にするものだ。ここには都と東《あずま》という疎隔の距離、もはや絶対に相目《まみ》見えることがないという距離によって、かえってそれだけ都の恋する女の面影はけざやかに蘇《よみがえ》るといったような、「身をえう（要、用）なき物」と思いなした孤独な男の「わび」の美的詐術はない。私が距離のロマネスクと呼ぶ恋の熟爛した手管はない。万葉の男は必ずや都にゆき、恋する女に会うだろう。あるいは女の笑顔は距離を越えて、つねにここにあり、つねに心に「直乗」しているのだ。

万葉の恋に忍び寄る無常感

こひは「恋」と書かれてきた。だが巻十五に至って、なぜか「古非」ないし「故非」という字が当てられるようになる。「恋《れん》」と「変《へん》」とはもともと漢字の語源では一つながりのものである（山田勝美『漢字の語源』）。これは考えてみれば興味深いことではないか。恋という情熱に「摑《つか》みかか」られて、人は確実に変わるだろう。丈夫が手弱女に、手弱女が丈夫に変じるように。だが「古非」「故非」と当てる心理には、もはやそのような変身は望まれていない。もはや古、昔にあらず——すでにどうしようもなく恋は失われているという断念の心理が、そこにあるのか。つまびらかにしないが、やがてそれは恋が「孤《こ》悲」と書かれるようになる前兆でもあろうか。

「孤悲」の初出は、巻十七の三八九一「荒津の海潮干《しほひ》潮満ち時はあれどいづれの時か我が恋ひ（孤悲）ざらむ」であるが、編者は「作者姓名を審《つまび》らかにせず」と記している。次に現れるのは同じ巻の三九三一、作者は平群《へぐり》氏の女郎《いらつめ》、歌は大伴家持《おおとものやかもち》に贈ったものである。三九三五、三九三六も同様である。家持自身が「孤悲」を使った最初のものは三九五七、爾来《じらい》、彼はこの「孤悲」に偏執している。巻十七以下は編者家持の歌日記といわれるほどに彼の作歌は圧倒的に多いが、特に巻十七にあって、彼の「孤悲」への偏愛は著しい。こひを歌った家持の歌で、「古非」「恋」と書かれているのが各一首ずつ、「孤悲」と書かれているのは実に十二首の多きにおよぶ。動詞形では「孤布流《こふる》」「故布流」「古敷流」が各一首ずつである。一つだけ例を引こう――。

ぬばたまの夢《いめ》にはもとな相見れど直《ただ》にあらねば恋ひ（孤悲）止まずけり　（巻十七・三九八〇）

まさに「直に逢ふ」ことはつとに断念されている。「直に逢」い、「直乗」りに乗るといった、その底に相撲のイメージを揺曳《ようえい》していた古の万葉の恋はもはや非《な》い。ひたぶるに対他のドラマであった恋に代わって、対自の心に沈潜する孤独な心理が一切を映す鏡となろうとしている。不在そのものを美と化する古今集の世界はまぢかい。そういうところで、こんな歌がうたわれることになる――。

……谷辺《たにべ》には　椿花咲き　うら悲し　春し過ぐれば　ほととぎす　いやしき鳴きぬ　ひとりのみ　聞けばさぶしも　君と我《あれ》と　隔てて恋ふる……　（巻十九・四一七七、傍点引用者）

あの古《いにしえ》の万葉の連続性は絶たれているのである。そして、この断絶のなかにのみ、はじめて家持の絶唱は完成し得たのである。

春の野に霞《かすみ》たなびきうら悲しこの夕影にうぐひす鳴くも　（巻十九・四二九〇）

うらうらに照れる春日《はるび》にひばり上がり心悲しもひとりし思へば　（同・四二九二）

あるいは、このいぶせき孤独の心眼の前に、はじめて桃色に明からむ少女の幻影が立つだろう――。

　春の園　紅《そのくれなゐ》にほふ桃の花下照《したで》る道に出で立つ娘女《をとめ》　（同・四一四九）

この乙女が「直に逢」ってその「柔膚《にきはだ》」を「赤らひく」女とはなりえないことは、もう贅言《ぜいげん》するまでもないだろう。そして、この幻影さえ心眼の前から振り払えば、その断念のさなかで、あの丈《ます》夫《らお》、手弱女《たおやめ》にも瞬時にして変貌しえたあの丈夫は、いまや「義夫」にと固定限定されざるをえないのは、けだし必然の道だった。遊女の家から宮中に出勤する者の後姿に向かって、家持はいう、「義夫の道は、情、別なきに存し、一家財を同じくす。豈《あに》旧を忘れ新を愛《め》づる志有らめや。所以《そゑに》数行の歌を綴《つづ》り作《な》し、旧を棄つる惑《とひ》を悔いしむ」。浮気するな、一筋に古女房をめでよといっているわけだが、その歌の一つにうたう――。

　里人の見る目恥づかし左夫流児《さぶるこ》にさどはす君が宮出後姿《みやでしりぶり》　（巻十八・四一〇八）

「左夫流児」とは万葉の恋歌の世界の周縁に、あるいは地下《じげ》にそのなまめく姿を浮草のように揺曳している遊行女婦《うかれめ》のことである。たしかに、古代万葉の汎神論的聖なる情熱《パッション》、荒《さ》ぶる恋の世界に、ようやく儒教の影がさしかけている。そして、ついに古代万葉に無縁だった無常感が、家持に忍び寄る。古代万葉の自然に無縁だった仏の道が、彼のいぶせき心を誘う――。

うつせみは数なき身なり山川のさやけき見つつ道を尋ねな　（巻二十・四四六八）

渡る日のかげに競《きほ》ひて尋ねてな清《きよ》きその道またも会はむため　（同・四四六九）

万葉にあらわれた女とくらし

中西　進

一

万葉集は、ほぼ八世紀までの人々が、その折々の心をたくした和歌の集である。その中に、こんな一首がある。

下毛野《しもつけの》三毳《みかも》の山の小楢《なら》のすまぐはし子ろは誰《た》が笥《け》か持たむ　（14三四二四）

ところは栃木県佐野市の東、当時の下毛野に名だかい三毳山のふもとの男たちの歌である。彼らは歌う。この山にみずみずしくおい茂る楢の若葉のように美しいあの子は、いったいだれの笥を持つようになるのだろう、と。笥とは食器のことで、食器を持つとは、妻になることを意味している。食器を手にしてそれに飯を盛ることが、妻であり主婦である女の役目だったわけで、今の主婦連の象徴がしゃもじである歴史は、このように大層古い。

当時の民衆の住居は、おおむね竪穴《たてあな》式の建物で、大きくてせいぜい七坪ていどの広さだが、その土間の一部には、かまどがこしらえられていて、そこで飯をたき湯をわかすのが主婦の仕事だった。もっとも、今のように水とともに煮るのは粥《かゆ》であって、飯は、水をわかし、その上に甑《こしき》をのせて蒸したのだし、それもヒエやアワの場合の方が多かったようである。当時の民衆はおおむね貧しかったから、ヒエ・アワどころか、食事に事欠く場合も、多かったであろう。山上憶良《やまのうえのおくら》は、その様子を。

……かまどには　火気《ほけ》吹き立てず　甑には　蜘蛛《くも》の巣かきて　飯《いい》かしく　ことも忘れて……

（5八九二）

と歌っている。

さらに憶良の歌うところによると、この、浅く地面を掘り下げた地べたにワラを敷いただけの住居の中に、あるじである男を中心として父母が奥に、妻や子どもたちは入り口近くふしている。おさな子は父母との間に、いわゆる川の字になって寝たようで、そろそろ男の通って来るようになった年ごろの娘は、両側の父母に気づかれずに起き出していくのに苦心したりしている様子も、「万葉集」には歌われている。

住居は一DKどころか、すべてで一部屋だから、愛し合う男女には、はなはだ都合がわるい。これは新婚の女性の歌であろう、次のように歌う女もいる。

水門《みなと》の葦《あし》が中なる玉小菅《すげ》刈り来《こ》わが背子《せこ》床《とこ》の隔《へだし》に（14三四四五）

あの、水門の葦にまじってはえている菅を刈って来てちょうだい、それで共寝をする床の壁がわりにしましょう、というのである。もっとも、この歌はまだ恋愛時代で、男は通って来るのかも知れぬ。そうだとすると、お父さんやお母さんとの間に立てる菅を持って通って来てほしい、といっているとことになる。本当に可能だったかどうか、遮蔽《しゃへい》する菅を小わきにかかえてしのび込んで来る男の姿などを想像すると、何ともユーモラスでほほえましいかぎりである。

当時は、女性の労働力も大切で、嫁にいくとそれだけ口分田《くぶんでん》をへらされるから、三十歳すぎてやっと男のもとに同居するといったふうだった。だからその時には女はすでに堂々たる一家の主婦である。かまどを主婦の座としてたくましく働き、権力の中心でさえあったろう。飯をたき、それを笥に盛って、女はまっ黒になって働く。

難波人葦火たく屋の煤《す》してあれどおのが妻こそ常愛《とこめ》づらしき（11二六五一）

かまどに葦をくべると家中がまっ黒にすすけてしまう。そのようにすすけてはいても、やはりわが妻がいつもかわいい、と、万葉の男は歌うのである。

二

雄略《ゆうりやく》天皇という天皇は、その名のとおりたいへん勇ましい、荒々しい王者だったが、彼はまた、数々の恋愛物語の主人公としても有名である。その内の一つに、彼が赤猪子《あかいこ》を見そめた話が『古事記』にある。ある時、天皇は三輪川のほとりでひとりの少女にあった。赤猪子という美女である。そこで天皇は、近く宮中に呼ぶからだれとも結婚してはいけない、といった。しかし天皇はその後すっかりこの事を忘れてしまって、赤猪子は八十歳になった。老婆となった彼女は天皇のもとに参上して、そのよしを申し出ると、天皇は事をくやんで多くのみやげものを持たして帰したという。

花の盛りをひとり身に過ごした女の悲話だが、この時、赤猪子は三輪川のほとりで衣を洗ってい
た、と書いてある。川で洗たくをするのが、当時の女の仕事の一つだったことを示している。川が、すべての日本列島において美しかった昔の話である。

だから、洗たくだけではない。そこで野菜を洗い、布をさらすこともした。すべてが女の仕事である。万葉集にのせる東国の歌の一つに、

この川に朝菜《あさな》洗ふ子汝《なれ》も吾《あれ》も同輩《よち》手をそ持てるいで子たばりに（14三四四〇）

というのがある。朝の川で野菜を洗っている女に対して、お前もおれも「よち」を持っているから、

さあその「よち子」をください、という歌である。「よち子」とは同じ年ごろの子どもという意味だが、実は陰語で、性器のことを示すのだと、古来考えられている。民衆らしく、率直なからかいの歌である。

しかし、同じ東国の歌でも、次のものは大変美しい。

多摩川にさらす手作りさらさらに何ぞこの子のここだ愛《かな》しき（14三三七三）

「手作り」とは手織りの布のことで、それを川でさらし、布をやわらかくする。これも女の仕事で、多摩川に布をさらしている女に対して、さらにさらに、どうしてこの子がこんなにいとしいのだろうと男たちが歌うのである。「さらす」といい「さらさらに」といい、多摩川のさらさらとした流れさながらに。美しいしらべの歌である。

さらにまた、川で水をくむことも女の日常の仕事であった。

青柳の張らろ川門《と》に汝《な》を待つと清水《せみど》は汲《く》まず立処《たちど》ならすも（14三五四六）

青柳の芽ぶく川のほとりで水をくむ少女の姿を想像してほしい。この女性は肝心の水はくまないで、いつまでも男の来るのを待っている、恋する少女である。柳の芽のふくらみは、恋の心のふくらみでもあった。

川のほとりの恋は、実は右にあげたすべての歌に共通している。仕事は何にしろ、そこは男と女の恋の芽ばえる場所であった。当時東国に有名な美女であった真間《まま》の手子《てこ》も、男たちは泉のほとりでその姿を見そめたようだし、石井の手子も信州埴科の石井——岩間からあふれる泉——のほとりの美女だったようである。

古来、聖水は聖なる女性によって管理され、男たちはその手ずから水をもらうことを欲したから、水べの女にはきよらかさがあった。

そしてその上に、あの大伴家持《おおとものやかもち》が「もののふの八十少女《やそをとめ》らが汲みまがふ寺井の上の堅香子の花」(19四一四三)と歌ったように、水に映じる女のみずみずしい美しさもあったし、さらには、生きいきと働く女の、健康な美しさもあった。さまざまなイメージの重なり合った女性の姿が、古代のきよらかな水のほとりにはあったのである。

三

古代の民衆が身にまとったものは、おおむね麻の衣服であった。上流階層のものたちが絹の織物、しかも美しい模様のある綾《あや》織物を身につけたことは、例の正倉院にのこされた衣服を見てもよく知られるところだが、これは天皇やその周辺の人たち、あるいは地方でも「殿」と呼ばれる階層の人たちだけである。

ただ、皮肉なことに、それら絹織物をじかに生産するのは民衆である。だから、その高雅な手ざわりは、よく知っていた。民衆の中で歌われたらしい一首に「あり衣《ぎぬ》のさゑさゑ沈み……」（14三四八一）という歌がある。この歌は、時として「玉衣のさゐさゐ沈み」（4五〇三）と歌われたようで、「あり衣」「玉衣」ともに美しい布のこと、おそらく絹であろうと思われ、手の中にしなだれかかるような絹の感触を「さゐさゐ沈み」とか「さゑさゑ沈み」とかいったのである。

絹織物は、そのようによく知っていながら自分たちとは縁のない、高価なものであった。そこで面白いのは、次のような東国の女の歌である。

筑波嶺《つくばね》の新桑繭《にひくはまよ》の衣《きぬ》はあれど君が御衣《みけし》しあやに着欲しも（14三三五〇）

筑波山のふもとでは、朝廷に献上するために、桑を植え、かいこを飼って、女たちが養蚕にはげんだ。新しい桑の葉を食べさせて作った絹は最高級品だったが、さてそんな絹の衣も、それはそれとしてよいとして、私は、恋するあなたの衣が着たい、という一首である。いとしい男の衣は粗末な麻織のものにちがいないのに、その価値は最高級品の絹よりも高い。そこに女の一途な恋の心がこめられている。衣を着たいというのは、当時恋人どうしが、衣服を交換する習慣があったからである。

さて、女たちは栽培した麻を刈りとって来ては庭に干し、川や泉の水でさらして繊維をやわらかくして布に織る。東国の各地に「曝井《さらしい》」とよばれるものが残っているのは、繊維をさらした泉の名残だし、多摩川で布をさらす歌も万葉集にある。東歌の、

上毛野《かみつけの》阿蘇《あそ》の真麻《まそ》群《むら》かき抱き寝《むだ》れど飽《あ》かぬを何《あ》どかあがせむ（14三四〇四）

という一首は麻をたばにして刈り集める労働の経験から出た恋歌である。「阿蘇」は今の佐野市付近、麻たばを抱きかかえるように共寝をしているのだが、なお満足しないという激しい歌だ。そしてこの布をつくる作業に従事していることを「東女《あずまおみな》」の特長のように歌う歌もあるから、これは女の歌かもしれない。

布は調布として朝廷に納められるが、もちろん自分たちの衣服も作ったわけで、当時の女たちはふつう腰布をつけた上に裳《も》とよばれたスカートをはき、短い上着をきた。まれには女も、男同様「犢鼻《たふさぎ》」をつけたらしいことが『日本書記』からわかる。今のパンティー型の下着である。

裳は美しいものとして赤裳がよく歌われている。しかし当時の染色は、ふつう摺染《すりぞめ》で、自然の植物や土をこすりつけたものだから、それほど鮮明な色ではない。それにしても、恋人をもつ女性は男のために布を織り、裁ち、どのような色に染めたらよいかと、胸をときめかした。

君がため手力《たぢから》疲れ織りたる衣《きぬ》ぞ　春さらばいかなる色に摺《す》りてばよけむ（7一二八一）

自然の色どりがまことにふさわしい、真率な恋の心である。布地は粗末な麻なのだが。

四

稲つけばかがるあが手を今宵《こよひ》もか殿の若子《わくご》がとりて嘆かむ（14三四五九）

東国の女性たちは臼《うす》にもみのままの稲を入れ、杵《きね》でついて脱穀する。さらにそれを精白することもある。それを「しらぐ」といった。女たちは、この労働のために、手にあかぎれが切れる。その手を若殿さまは今夜も手にとって嘆くだろうかと、歌う。

しかし、この歌は集団に歌われた民謡である。皆が若殿さまと恋をするわけにはいかない。だから、だれひとり若殿さまに見染められているわけではない。それを願望しながら、若殿さまが手をとってくれるかもしれない情景を空想しながら、汚れてあかぎれのした手で杵を動かしているのが、この女たちである。

同じような歌は、ほかにもある。

山城《やましろ》の久世《くぜ》の若子し吾《わ》を欲しと言ふ　あふさわに吾を欲しと言ふ山城の久世（11二三六二）

これは何の労働にでも歌える民謡だが、京都府久世の女たちは、久世の若殿が私のことを、身分不相応にもお嫁にほしいといってるわ、と歌い興じつつ仕事に精を出した。久世は古くから大根、ウリなどを産したらしいから、その栽培にともなう労働歌かもしれない。

ウリが、山上憶良の歌に、子どもの愛好したものらしい食物として見えるのは、知る人も多いだろう。民衆の食べ物は、天然に自生するものがほとんどだったから、このウリは特別なものと思われるし、大根なども野草のとぼしい根に対して、見事な食物だっただろう。それを民衆が食べたかどうかは疑わしい。先の精白米にしても、これはまさに「殿」の食物で、彼ら自身は岡にアワをまき、畑に麦をそだて、また水田にはえる子水葱《こなぎ》、沼の「いはゐ蔓《づら》」、野の「うはぎ」(嫁菜)などをとって食べた。

これら山野の植物をとって来ることも、女の労働だったらしい。万葉集はまず最初に、雄略天皇が野に若菜つみをする少女に対して求婚する歌をのせているし、次のような歌もある。

きはつくの岡の茎韮《くくみら》我摘めど籠《こ》にも満たなふ背なと摘まさね(14三四四四)

「きはつくの岡」とはどこか不明だが、常陸の真壁郡だという説もある。そこでいくら摘んでも韮《にら》の茎《くき》はかご一杯にならないと、ひとりの女が嘆くと、横あいから、そんならいとしい殿御といっしょにお摘みなさいと、半畳を入れる形の歌である。いかに野に摘む食物が貧しくとも、いかにとぼしくとも、愛する男といっしょにいることが、女の仕事に精を出させるのである。

いや、それは空想であってもよい。たとえば恋人をもった信濃川のほとりの女にとっては、彼が踏んだというだけで、川原の石はもう玉のように思えるほどだ。だから最初の歌のように、愛されることを空想しただけで仕事の手は一段とはずんだだろうし、若殿さまの鷹《たか》狩りの馬の鈴を聞いただけでも、女たちはもう恋を空想した。

つむが野に鈴が音《おと》聞こゆ上志太《かむしだ》の殿の仲子《なかち》し鷹狩《と》りすらしも（14三四三八）

「つむが野」も「上志太」も、場所のわからぬ歌だが、草刈りをする女の労働歌だろう。仲子とは次男坊のことである。草刈りと鷹狩りと、精白した米と韮の茎と、両者はあまりにも違うのだが、女の恋の空想の中で、二つは一つになる。それはあかぎれの手がやわらかな若様の手と重ねられる時でもあった。

五

この世に男性と女性とがいてこそ、恋愛がなり立つことはいうまでもない。しかし、恋ということばにこめられたやさしいひびきには、女性のにおいがみちている。本当に恋をするのは女性だといったら、世の男性諸君のおしかりを受けるだろうか。どうも私には、男性は愛するといった方がぴったりするのである。

古代の女性たちが男性と出会うもっとも大きな機会は、野遊《のあそび》の折であった。野遊とは、春、人々が野に出て若菜をつみ、飲食のうたげをする習慣のことで、これと一体に考えられたのが国見《くにみ》の行事だった。高みにのぼって国土をながめ、そこに祝福をあたえることが、秋の豊かな収穫を約束すると、彼らは考えた。だから野遊にも性の交歓が行われた。人間の豊かな繁栄が、穀物の豊かなみのりをも実現すると考えたからである。

男女は歌によって意志を通じ合う。これを歌垣《うたがき》といい、東国では「かがい」といった。男から歌いかけられた女は、歌い返して相手を退散させなければ、求婚に応じなければならない。たとえば、神武《じんむ》天皇はイスケヨリ姫に、高佐士《たかさじ》の野で求婚する。使者が近づくと、姫は「まあ、あなたは何という顔をしているの」と歌って問う。使者は顔にくまどりをしていたのだった。そこで彼はすかさず答える。「いや、あなたにじかにお会いしようとしてこんな顔をしているのです」と。即妙に、何でも求婚に結びつけて相手の心にせまろうとするのは、今に変わらぬ恋の手くだであろう。『古事記』に伝える話である。

この歌垣は、市でも行われた。古来、人の多く集まるところに店が開かれ、露店市のようなものができていた。奈良の都になるとちゃんとつくられた東西二つの市があって、政府によって運営されるようになるが、人々の多く集まる市には、おのずから時分かたず男女の恋愛が成立したようである。

これは万葉集にのせる、今の奈良県桜井市の海石榴市《つばいち》での歌である。

紫《むらさき》は灰さすものぞ海石榴市の八十《やそ》の衢《ちまた》に逢《あ》へる子や誰《たれ》（12三一〇一）

美しく紫色に染めるためには灰を入れなければならぬ――、女が美しくなるためには男が必要なのだと、男は強引に求婚していく。名を聞くのも、求婚の通例である。そこで女は答える。

たらちねの母が呼ぶ名を申さめど道行く人を誰と知りてか（12三一〇二）

母が呼ぶ名とは、親しい者だけに許された呼び名だ。それを教えて求婚に応じてあげてもいいけれど「それにしたってあなたは一体だれなの」と歌う。胸をときめかしながら、それでも女は慎重なのである。

しかし、一たん恋をすると、女は強い。

事しあらば小泊瀬山《をはつせやま》の石城《いはき》にも隠《こも》らばともにな思ひわが背（16三八〇六）

これは万葉集の一首だが、少し違った形で『常陸風土記《ひたちふどき》』にも載せられていて、日本各地で歌われたものらしい。「もしもの事があったらいっしょに死にましょう。だからくよくよ心配しないでください。愛する人よ」という一首である。「小泊瀬山の石城」とは死者をおさめる石棺を意味する。

この歌には、親にしかられるのを男が恐れてひるんでいたので女がよんだ、という注がついている。女は強い。そう思うと、やはり私は、恋するのは女だとまた思うのである。

六

自然の山野に芽ばえた恋は、やがてみのって結婚となる。結婚の儀式は、昔も今も、はなやかににぎやかである。

新室《にいむろ》を踏み鎮《しず》む子し手玉《ただま》鳴らすも　玉のごと照らせる君を内にと申せ（11二三五二）

これは万葉集にのせる祝婚歌の一つである。「新室」とは新しい建物のことだ。当時はわりに簡単に建物を作ったりこわしたりした。死者のためには喪屋《もや》を建ててかばねをおさめ、やがてこれをこわす。それと同じように、新しい夫婦のためには妻屋《つまや》が建てられる。

新しい建物は少女の舞踏によって鎮魂されねばならない。手や足に玉を巻きつけた聖少女は、さやかな音色に玉を鳴らしながら舞う。これで新たな二人を迎え入れる準備はできた。「玉のように輝く今日の新郎に『どうぞ内にお入りください』と、さあおっしゃい」と人々は歌いたてる。新郎に「どうぞ」というのが、花嫁の習慣だったと思われる。当時の歌は、儀礼の進行にしたがって、始まりの歌とか、終わりの歌とかと決まって歌われたもので、この歌は、いよいよ花むこが建物に入る段どりの時の歌である。

このように、祝婚は村じゅうの人が総出で行う。右にいった新室づくりも、みんなでしたものだ。

この歌の一首前に、「新室の壁草刈りにいまし給はね……」（11二三五一）という歌がある。土でかためる壁などは当時なくて、草をふきおろしたものが壁であった。その草を刈りにいらっしゃいと、男をさそうのがこの歌である。そうした草刈りから、右のような式の進行も、すべてが村の人人による祝祭だったのである。

新室は舞踏によって祝福されるだけではない。祝福の「宴《うたげ》」も開かれる。あの、古代の英雄として有名な倭　建　命《やまとたけるのみこと》が熊曾《くまそ》という賊を平らげた時も、ちょうど新室完成の宴の日だった。山海の珍味が盛られ、酒がくみかわされる。その時に彼は少女の姿に変装して、熊曾に近づき、酒に酔った熊曾をさし殺したと『古事記』に書いてある。

祝婚のさかもりでは、人々は祝婚の歌をうたったであろう。万葉集にみえる「新夜《あらたよ》の　幸《さき》く通はむ」（13三二二七）——永遠に初夜のように、ということばをもった長歌は、そうした折のものと思われる。また、次の歌は神の結婚を語る、イメージ美しい歌である。

　八雲たつ出雲《いづも》八重垣《やへがき》妻隠《ご》みに八重垣作るその八重垣を

『古事記』や『日本書紀』に語るところによると、天上から出雲にくだって来たスサノヲの命《みこと》は、その地でクシナダ姫と結婚する。その時、山上に雲が美しくわきのぼったのでこれを命が歌った、という。

これは、古代の人々が、神の成婚を八重にわきたちのぼる雲の中に幻想し、畏怖《いふ》しつつ賛仰したことを物語っている。八重の雲によってつくられた妻屋の中で、神は結婚するのである。もっとも、これらに見られるように、晴れがましく人々の祝福をうけて、結婚できない場合も、多くあった。当時「隠《かく》し妻」、「隠《こも》り妻」ということばがあって、これは人目をはばかる妻であった。

色にいでて恋ひば人見て知りぬべし心の内の隠り妻はも（11二五六六）

表だって恋をすると人に知られてしまう。だから心の中に秘めた隠り妻よ、という歌である。いつの日か、必ず晴れて結婚できる日を期待しながら、しかしその日は遠くはるかなのである。冒頭の歌の、むこを「さあどうぞ」と家の中に招じ入れた時の女性の胸に、この長い日々の回想が、なかったはずはない。

七

われわれは、ふつう両親のことを「父母」というが、万葉集では「母父」という方がむしろふつうである。当時は、いわゆる母系制が強く残っていて、中央の貴族階級から、少しずつ父系制にうつりつつあった。つまり、当時の男女は、男が女のもとに通って来るのがふつうであり、何年かの後に同居するようになる場合もあるが、多くはそのままの「通い婚」であった。だから子どもは、母のもとに育てられ、母を中心として血統がつがれていく、という形である。

そうなると、つねにいっしょにいるのは母とであり、いきおい、親というと母親をさすことにもなった。

上毛野《かみつけの》佐野の船橋取り放し親は離《さ》くれど吾《わ》は離かるがへ（14三四二〇）

という歌も、母親がどんなに仲をさこうとしても、私は離れない、という女の歌で、それを佐野の渡しにつないだ船の様子に託している一首である。

「母父」という表現は、こうした母との生活からでて来たもので、それほどに、子にとって母は大きな存在だったのである。古くから歌われたらしい長歌の一部に「母父《おも》に　愛子《まなご》にかあらむ」（13三三三六）という一節がある。これに対して「父母を　見ればたふとし」（5八〇〇）と歌うのは、儒学者の山上憶良《やまのうえのおくら》である。

さて、この母の姿は、『古事記』ではたとえば次のように見られる。例の大黒《だいこく》さま、神話に登場する大国主《おおくにぬし》の神は、多くの兄から迫害をうけ、ある時そのために全身大やけどをおって、死んでしまった。そこで母神が悲しんで天上の神に助けをもとめると、天神は赤貝の女神とはまぐりの女神とをつかわしてくれ、大国主は生きかえることができた。そして貝殻をけずって「母《おも》の乳汁《ちしる》」を塗ると、もとどおりの美男子になった、という。これは当時のやけどの治療法を神話にしたものだが、泣き悲しむ母の姿や、母乳によって美しさをとり戻すことなど、古代の母の姿が十分に察せられるようである。

また、ずっと時代がくだって天平五年（七三三）、唐へ使者としてわが子が派遣された母は、こんな歌を作っている。

旅人の宿りせむ野に霜《しも》ふらばわが子羽ぐくめ天《あめ》の鶴群《たづむら》（9一七九一）

当時の旅人が野宿するのは、珍しいことではない。その寒夜には鶴よ、羽をもってわが子をおおってほしいと、母は願うのである。これも今に変わらぬ母のやさしさである。

しかし、何といっても、万葉集に登場する母は、もっとも多く、子の恋愛の監督者としてである。先にあげた「佐野の船橋」の歌も、母親が娘の恋愛に反対している歌だが、

汝《な》が母に嘖《こ》られ吾《あ》は行く青雲の出で来《こ》吾妹子《わぎもこ》逢《あ》ひ見て行かむ（14三五一九）

という歌は、男が、相手の娘の母親からしかられて、すごすごと引きかえして来る歌である。引きかえしながら、それでもちょっと顔を出してほしい、一目あって帰ろう、というわけだ。万葉版カチューシャといったところである。娘とて負けてはいない。母をうらぎって男に逢うことが多い。

「……汝《いまし》を頼み母に違《たが》ひぬ」（14三三五九）という歌もある。

しかし、この歌に悲壮な決意といったふうなひびきがあるのは、やっぱり母が娘にとって、心のよりどころだったことを示している。そんな、揺れうごく娘ごころを示している恋の歌がある。

たらちねの母が手離れかくばかり術《すべ》なきことはいまだ為《せ》なくに（11二三六八）

八

今日のように、何もかもが自然科学の知識でわり切られてしまわないのが、古代である。天地自然は、たいへんに神秘だったし、それなりに存分に美しかった。そうした時代に、女性は、より多く神に近く考えられていたようである。今日でも神に奉仕する女性として「巫女《みこ》」のいることはいうまでもないが、その歴史は古い。

三諸《みもろ》に斎《つ》くや玉垣《がき》斎き余《あま》し誰《たれ》にかも寄らむ神の宮人《みやひと》

この『古事記』にのせる一首は、「神の宮人」として女の盛りをすごした女性が、年老いてだれに寄るべを求めるのだろうという意味である。男はそういって女の気を引くわけだが、当の女性としては、しみじみとした思いがあっただろう。

このように年長く神につかえずとも、その年々の新穀の感謝は、女によって神にささげられたようである。万葉集には、

誰《たれ》そこの屋の戸押そぶる新嘗《にふなみ》にわが背をやりて斎《いは》ふこの戸を（14三四六〇）

という歌がある。これによると、女は男を遠ざけて忌みこもり、新穀を神にささげては祈っているのである。もちろん、この歌もそこへ訪れて来る男のことを歌っており、その点からは、人間の恋は時を分かたなかったのだが。いや、夫のいないこの時こそ、むしろ横恋慕の男には絶好の機会だったのだろう。

この女性はすでに「わが背」とよばれる夫をもっており、別に言いよる男がいるのだが、次に登場するのは、ういういしい女性である。

葉《は》根蔓《ねかづら》今する妹《いも》をうら若みいざ率川《いざがは》の音のさやけさ（7一一一二）

葉根蔓を今度新しく髪に巻く女性、それが大層若いので、さあと誘いたい、というのが上の部分の意味である。歌の中心の意味は、その「いざ」というひびきから、率川という川の名につないでいって、その川の音が清らかだということなのだが、さて、その葉根蔓というのは、植物の葉や根を髪に巻くことで、植物を身につけるというのは、その生命力を身体に感染させるという呪《じゅ》術である。

そして、これは五月五日の節句にした習俗だという考えもあるが、私は、成女戒だという説がよいと思っている。毎年、女性となった少女が、この蔓をつけるのである。植物の生命によって、女性の命を祝福しようという、美しい信仰である。

しかし、女性は、人の命がおわった時にも、その祭りに奉仕した。今日でも、大陸における「泣き女」の習慣は人のよく知るところだが、それは『古事記』にも見える。天若日子《あめわかひこ》という神が死んだ時、一族は喪屋《もや》を作り、多くの鳥どもを葬送に奉仕させたと記しているが、その中に、雀《すずめ》を碓女《うすめ》、雉《きじ》を哭女《なきめ》としたとある。葬送に、女性が碓女、哭女として加わったことを示していよう。碓女とは「米つき女」で、死後の生のために、そのしぐさが必要だと考えられたのだろう。これは『日本書紀』にも同じように伝える話である。

死者に対して生前さながらに考えることは、旅立った者に対して出発前の状態をそのままに保つことによって、旅人の無事が保証されると考えたのと同じ信仰である。万葉集の中には、女性が旅立った男性の無事を祈って、掃除もせず、髪をくしでとかすこともせず、忌みつつしんでいるさまが歌われている。

古代人にとって、聖なる女性は祭りと不可分の、祈りをささげる存在だったのである。

あとがき

中西　進

『万葉集』という書物はふしぎな存在である。何年も万葉にかかわって生きてきた今日でも、やはりそう思う。いや、ますますその思いが増すといった方がよいだろうか。

何しろ千年も経っているのに、今もって万葉の魅力は人々を離さない。四千五百首以上の歌があるからだといってしまえば、それもそうだろうが、量が多いだけなら、「源氏物語」だって「宇津保物語」だって長い。同じ歌集でいっても、「夫木集」などもぼう大な歌の数である。

しかし、これらの本が今日どれ程親しまれているだろうか。おそらく「夫木集」など、知らない人の方が多いだろう。

だから万葉は中味が重大なのだ。どんな読者にも、いつも返ってくる答えがある。学者だけではない。どんな立場の人でもいつか万葉と対話を交したことがあり、万葉を心の奥の方に大切に蔵ってあるのではなかろうか。こんなに開かれた古典は珍らしい。他に「古今集」や「新古今集」を思い浮かべてみても、これを胸底に愛蔵する人は、少ないのではないか。

いうまでもなく、作品はすぐれた読み手になればなるほど、すぐれた答えを返してくれるから、万葉のすぐれた読み手が得た万葉からの返事は、きっとすばらしいに違いない。たしかに、そんな返事は昔から実に多い。それらを読む、いわば万葉の第二の読者は、すぐれた読み手の返事に、堪能するに違いない。

作品社の堀田佐久夫さんはそこに目をつけ、万葉をめぐるエッセイ集の作成をうながして来た。作品社のエッセイ集はすでに多数をかぞえ、うつ然たる詞林に生い育っている。私も読者として愛読してきたし、よしとする読者は世上に多い。

そのシリーズの一部に加わるのだから質の高さが必要で、厳選しなければならないが、幸いすぐれたエッセイを多数手に入れることができ、諸氏の快諾をえて、ここに「第一集」を送ることができるに到った。

第一集は万葉の中に見られる女性像や女流歌人、また万葉の恋を語ったエッセイなどを集めてみた。作家としては柿本人麻呂を扱ったものを中心に据えてある。

それぞれの文章は別個に書かれたものだから、読者諸子はどこから読んで頂いても構わない。ぱっと本を開いて、出て来た文章から読んでくださっても、筆者の機嫌は損じないだろう。文章の名手は暢達の心の持ち主なのだから。

私自身、そんな読者の一人となることを楽しみとしながら、刊行の暁を待っている。

一九八七年晩秋

執筆者紹介（▽は本書収録作品出典）

収録順

入江泰吉（いりえ・たいきち）
一九〇五〜九二　写真家
奈良に生まれる。敗戦直後、闇市で中古のカメラを需め、戒壇院の四天王像を撮って以来、奈良の仏像、古刹などを撮りつづける。写真集『入江泰吉全集』全八巻『大和路巡礼』全六巻の大著があるほか、エッセイにもたけ、『大和うるわし』その他のエッセイ集でも知られている。
▽「季刊・明日香風　第五号」一九八二・一一・二〇　飛鳥保存財団

上田正昭（うえだ・まさあき）
一九二七〜二〇一六　歴史学者
兵庫の人。折口信夫に師事。日本の古代史を専攻するが、国文学や民俗学に対する深い造詣を生かした研究の評価はきわめて高い。八五年には、奈良県天理市の石上神宮所蔵の七支刀とその銘文に関する献上説、偽造説の欠陥を指摘した。著書に、『日本古代国家成立史の研究』『大王の世紀』『古代史のいぶき』などがある。
▽『真珠の小箱　奈良・大和路』（金子保編）一九六八・一一　学藝書林

山本太郎（やまもと・たろう）
一九二五〜八八　詩人
画家山本鼎、北原白秋の妹イヱの長男として東京に生まれる。大学ではドイツ文学を専攻した。「歴程」を代表する詩人の一人。詩集に、『歩行者の祈りの唄』（五四）『山本太郎詩集』（五七）『ゴリラ』（六〇）『覇王紀』（六九）『鬼文』（七五）その他がある。

▽「國文學―解釈と教材の研究―」一九七四・五・二〇　學燈社

掘内民一（ほりうち・たみかず）
一九一二〜七一　国文学者・歌人
奈良県に生まれる。折口信夫と柳田國男を師と仰ぎ、古代歌謡を中心に研究を続けた。文学博士。六七年には奈良県文化賞も受けている。著書に、『秋風戦線』『かむなび』『釈迢空』『はるかなる想ひ』『大和万葉旅行』『大和の神話』『古代歌謡の旅』などがあり、自らも、「日本歌人」同人として歌を詠んだ歌人だった。
▽『萬葉大和風土記』一九六二・八　人文書院

白洲正子（しらす・まさこ）
一九一〇〜九八　随筆家
四歳の時から能に親しむ。アメリカ留学後の四三年、志賀直哉と柳宗悦の勧めで『お能』を上梓。以後、能や仏像、陶器などに関するみごとな随筆や紀行文をつぎつぎに発表し、広範な読者層の支持を集めた。七巻からなる『白洲正子著作集』がある。
▽『心のふるさとをもとめて・日本発見　第三四巻　万葉の里』一九八二・四　暁教育図書

岡野弘彦（おかの・ひろひこ）
一九二四年生まれ　歌人
三重県に生まれる。公私ともに、折口信夫の愛弟子。歌集に、『冬の家族』（六七）『蒼浪歌』（七三）『海のまほろば』（七八）がある。「生ける日は苦しかりければ古びとは祈りをもちて魂を鎮めつ」「よみがへり信ずるゆゑにうつくしき明日香の御代の魂ごひの歌」（『冬の家族』）
▽『花幾年』一九八一・一〇　牧羊社

杉本苑子（すぎもと・そのこ）
一九二五〜二〇一七　小説家
東京出身。古典文学を学んだのち、吉川英治に師事。むやみに作品を売りこむことなく、精進を重ね、六一年、満を持して『船と将軍』を刊行。新しい歴史小説家の誕生と評された。翌六二年、直木賞受賞。作品は多いが、一方、紀行文にもすぐれ、『飛鳥路の寺』等を著わしている。
▽『私の万葉集』一九七八・一一　海竜社

山本藤枝（やまもと・ふじえ）

一九一〇〜二〇〇三　児童文学者

和歌山に生まれ、東京で学業を卒える。戦前は詩人としても知られたが、敗戦後の四八年に刊行した『手風琴の物語』で一躍人気を得る。小説に、『制服の子ら』『雪割草』『飛鳥はふぶき』などがあるほか、『日本の女性史』の著もある。『燃える湖』の児童文学者、山本和男の夫人。

▽「季刊・明日香風　第五号」一九八二・一一・二〇　飛鳥保存財団

辺見じゅん（へんみ・じゅん）

一九三九〜二〇一一　随筆家・歌人

富山出身。ドキュメンタリーをはじめ、さまざまなスタイルの文章を書く。『男たちの大和』『呪われたシルクロード』『YAMATO!』『新・北越雪譜』『私たちの戦争体験』その他の著書・編著があるが、八五年には実弟の角川春樹らと戦艦「大和」の確認に成功。話題を呼んだ。

▽「短歌」一九八六・一二・一　角川書店

西郷信綱（さいごう・のぶつな）

一九一六〜二〇〇八　国文学者

大分県に生まれる。日本の古典文学を専攻。『日本古代文学史』『国学の批判』『日本文学の方法』『古事記注釈』などの専門的業績のほか、『古事記の世界』『古代人の夢』をはじめとする著作の評価は高い（『古代人の夢』にも、『万葉集』に関する刺戟的な考察が含まれているので、ぜひご一読をおすすめする）。

▽『万葉私記』一九五八・五　東京大学出版会

田辺聖子（たなべ・せいこ）

一九二八〜二〇一九　小説家

大阪に生まれる。六四年、『感傷旅行』で芥川賞。大阪弁を巧みに生かした家庭小説や、「カモカのおっちゃん」シリーズで抜群の人気を誇った。一方、古典の現代語訳や伝記小説の分野でも新境地を拓いた。『新源氏物語』『文車日記』『千すじの黒髪―わが愛の与謝野晶子』『川柳でんでん太鼓』等はその成果である。

▽『田辺聖子長篇全集　第八巻』一九八二・二　文藝春秋

馬場あき子（ばば・あきこ）
一九二八年生まれ　歌人
高校生のときに、歌誌「まひる野」に参加。その縁で窪田章一郎に師事する。夫の歌人岩田正とともに歌誌「かりん」を創設。歌集に、『早笛』『飛花抄』『桜花伝承』などがあるほか、『鬼の研究』『和泉式部』『古典余情』『風姿花伝』等の評論でも知られている。
▽『文芸読本　万葉集』一九七九・一〇　河出書房新社

犬養　孝（いぬかい・たかし）
一九〇七〜九八　国文学者
東京に生まれる。代表的な万葉学者の一人として活躍。以下に列記する著書のどの頁からも、『万葉集』へのあつい思いが感じられよう。『万葉の風土』（正続）『万葉の旅』（全三巻）『万葉の心』（上下）『明日香風』（正続）『大和路』『万葉のいぶき』。文学博士。八七年度文化功労者。
▽『万葉の人びと』一九七八・九　ＰＨＰ研究所

斎藤茂吉（さいとう・もきち）
一八八二〜一九五三　歌人・医師
近代を代表する歌集の一『赤光』（一九一三）をはじめ、茂吉の歌には『万葉集』の語彙がみごとに用いられ、新たな生命を賦与されている。二三引いておこう。「かぎろひの夕べの空に八重なびく朱の旗ぐも遠にいざよふ」「春なればひかり流れてうらがなし今は野（ぬ）のべに蚋子（ぶと）も生（あ）れしか」。収録作は三四年。
▽『齋藤茂吉全集　第一五巻』一九七三・七　岩波書店

前登志夫（まえ・としお）
一九二六〜二〇〇八　歌人
奈良吉野に生まれ、生地で林業を営みながら作歌に励んだ。古代への憧憬がみごとに昇華した作品で、現代歌壇に屹立する。歌誌「山繭」主宰。歌集『子午線の繭』（六四）『霊異記』（七二）『縄文紀』（七七）、エッセイ集『山河慟哭』『吉野紀行』などがある。
▽「國文學―解釈と教材の研究―」一九七六・四・二〇　學燈社

橋本達雄（はしもと・たつお）
一九三〇〜二〇一三　国文学者
日本の古典、とくに上代文学を専攻。『万葉集』に関する論文も数多い。専修大学文学部教授。収録した文章に明らかなように、学問的でありながら、情感を忘れないのびやかな鑑賞態度は見事という他ない。編著に、『万葉集物語─美と抒情の原郷をたどる』『注釈万葉集』などがある。

▽『柿本人麻呂─謎の歌聖』一九八四・四　新典社

佐佐木幸綱（ささき・ゆきつな）

一九三八年生まれ　歌人

『万葉集』を初めて活字本にした弘綱（一八二八〜九一）、万葉学者にして歌人の信綱（一八七二〜一九六三）、歌人・国文学者の治綱（一九〇九〜五九）の家系にあって現代屈指の歌人の一人として活躍。男性的な詠みぶりで知られる。歌集に『直立せよ一行の詩』『夏の鐘』ほかがある。俵万智に歌を択ばせた師でもある。

▽『文芸読本　万葉集』一九七九・一〇　河出書房新社

都筑省吾（つづき・しょうご）

一九〇〇〜九七　歌人

名古屋の人。窪田空穂に師事。歌誌「槻の木」の編集責任者としても活躍。四一年、歌集『夜風』を刊行。以後の歌集に『入日』『黒潮』などがある。一方、『万葉集』の研究でも名高く、『万葉集十三人』等の著書をもつ。久しく早大高等学院教授をつとめた。

▽『石見の人麻呂』一九八一・二　河出書房新社

藤井　清（ふじい・きよし）

一九〇九〜九八　歌人・歴史学者

福井県出身。東洋史を専攻し、「唐の玄宗朝に於ける仏教対策」「唐代の寺領について」その他の論文を発表。かたわら松村英一に師事し、作歌を続ける。歌集に、『笹の隅』『時の移りに』『新燕』があるほか、『万葉異国風物誌』の著がある。現代歌人協会会員。もと日本歌人クラブ中央幹事。また、永らく教職にあって、後進の指導にあたった。

▽『万葉集比較文学ノート』一九八七・四　新星書房

堀　辰雄（ほり・たつお）

一九〇四〜五三　小説家

収録した作品は一九四三年の八月、「婦人公論」に発表された。のちに『曠野』『花あしび』『牧歌』に収録されたが、「大和路・信濃路」の一章をなすもの。単行本としての『大和路・信濃路』が陽の目を見だのは、堀の死後の五四年のことで、神西清らの尽力による。なお、そこに収録された写真は入江泰吉撮影だった。
▽『堀辰雄全集　第五巻』一九三三・一一　新潮社

野島秀勝（のじま・ひでかつ）
一九三〇〜二〇〇九　英文学者・評論家
東京出身。ノーマン・メイラーやナボコフの翻訳で知られる一方、近代文学の批評家としても活躍を続けた。著書に、『「日本回帰」のドン・キホーテたち』『自然と自我の原風景』『迷宮の女たち』『「誠実」の逆説』その他の評論集がある。
▽『心のふるさとをもとめて・日本発見　第三四巻　万葉の里』一九八二・四　暁教育図書

中西　進（なかにし・すすむ）
一九二九年生まれ　国文学者
東京に生まれ、東京の大学で国文学を修める。万葉学者を代表するひとりとして著作、研究、教育に励んでいる。『万葉集の比較文学的研究』で読売文学賞。『万葉史の研究』で学士院賞。そのほかの著書に、『柿本人麻呂』『天智伝』『万葉集・全訳註原文付』『旅に棲む—高橋虫麻呂論』、東京中野で開いていた「万葉秀歌講座」から生まれた『万葉の秀歌』（上下）などがある。論文多数。現在高志の国文学館館長、京都市中央図書館館長などを務め、幅広く活躍している。
▽『万葉の時代と風土』一九八〇・四　角川書店

＊本書は一九八七年十一月に日本の名随筆61「万葉一」（作品社刊）として刊行されたものを底本としています。

随筆 万葉集〈一〉 万葉の女性と恋の歌

二〇一九年八月二五日第一刷印刷
二〇一九年八月三〇日第一刷発行

編　者　中西　進
発行者　和田　肇
発行所　株式会社 作品社
〒一〇二-〇〇七二
東京都千代田区飯田橋二ノ七ノ四
電話 (〇三)三二六二-九七五三
FAX (〇三)三二六二-九七五七
http://www.sakuhinsha.com
振替 〇〇一六〇-三-二七一八三

本文組版 (有)一企画
印刷・製本 シナノ印刷(株)

落・乱丁本はお取り替え致します
定価はカバーに表示してあります

ISBN978-4-86182-764-8 C0095

随筆 万葉集 全三巻

中西進 編

◆一 万葉の女性と恋の歌

「雲流るる空に」入江泰吉／「布留の社」上田正昭／「山の辺の道」山本太郎／「高円の野の上の宮」堀内民一／「斎宮のたどった道」白洲正子／「秋山われは」岡野弘彦／「挽歌」杉本苑子／「挽歌の二上山」山本藤枝／「壬申の乱をめぐる女性たち」辺見じゅん／「中皇命」西郷信綱／「恋の奴」田辺聖子／「人麿の妻」斎藤茂吉　他一〇篇

◆二 万葉人の旅、自然、心

「萬葉の旅心」山本健吉／「山の雪・伝説の女」池田弥三郎／「山部赤人の歌」窪田空穂／「もじずり哀歌」生方たつゑ／「高橋虫麻呂」犬養 孝／「ユーモラスな歌」杉本苑子／「短歌と花鳥」久松潜一／「万葉と動物」中川志郎／「魚の歌」平岩弓枝／「飛鳥ツバキ道」山田宗睦／「万葉人と森林植物」倉田 悟／「美と時代」土橋 寛　他一三篇

◆三 大伴家持と永遠なる万葉

「生きた魂の歌」犬養 孝／「東国・名もなき人々の情熱」辻 邦生／「うつくしき言つくしてよ」馬場あき子／「ウノハナ」桜井 満／「断念の眉　家持私注」塚本邦雄／「万葉集におけるイメージ」梅原 猛／「万葉集錯誤の記」岡井 隆／「若き心の歌」入江相政／「万葉集と家持」保田與重郎／『万葉集』とわたし 大岡信　他一〇篇